СУПЕРГЕРОЙ E-Z ДИККЕНС КНИГА ТРЕТЬЯ:

КРАСНАЯ КОМНАТА

Cathy McGough

Stratford Living Publishing

Оглавление

Для тех, кто верит...

"Герой - это обычный человек, который находит в себе силы упорствовать и выстоять, несмотря на непреодолимые препятствия".

Christopher Reeve

ПРОЛОГ

Прошло два года, и наступило первое декабря, пятнадцатый день рождения E-Z. Несмотря на то, что на улице было холодно, и вокруг кружились снежинки, он, его семья и друзья были непреклонны в том, чтобы провести вечеринку на улице, где они развели костер, чтобы согреться, и приготовили барбекю.

Теперь, когда Саманта и Сэм поженились, хозяйство Диккенсов стало еще более оживленным. В гостях у друзей никогда не было скучно.

Свадьба Сэма и Саманты была небольшой церемонией, которая проходила в ЗАГСе. Лия была подружкой невесты, E-Z - шафером, а Альфред, лебедь-трубач, - кольценосцем.

Лия высмеяла Альфреда за то, что он был одет в темно-синий галстук-бабочку и больше ничего. Альфреда не смущало такое внимание, ведь он знал, что находится в хорошей компании с другими людьми, например с бывшими премьер-министрами Великобритании.

"Если великий Уинстон Черчилль считал, что галстук-бабочка достаточно хороша для него, значит, она достаточно хороша и для меня!" сказал Альфред.

"А еще он курил большую толстую сигару!" сказал E-Z. "Я очень надеюсь, что ты тоже не собираешься начать курить такую же".

Лия захихикала.

"Стейки готовы!" возвестил Сэм. "Если тебе нравятся редкие, приходи и бери их прямо сейчас".

Только Саманта вышла вперед со своей тарелкой наготове. "Твой сын сегодня жаждет редкого", - сказала она, похлопывая себя по животу.

"Что мой сын хочет, то и получает", - ответил Сэм, поднимая стейк на тарелку жены. Она ткнула пальцем в середину, а ее муж добавил к нему печеный картофель и несколько нитей спаржи.

Саманта похрустела спаржей, пробираясь к столу для пикника. Она тщательно спланировала день рождения E-Z и потратила много времени на то, чтобы украсить сам стол тематическими предметами с днем рождения. Она села за стол и разрезала печеный картофель пополам, затем добавила сметану, шнитт-лук, масло и несколько щепоток соли.

И-Зи, Лиа, Альфред, Пи-Джей и Арден остались на месте, потому что в основном возле камина было теплее. Дядя Сэм не любил, когда люди крутятся рядом, когда он готовит барбекю, поэтому они держались подальше от него. Кроме того, им всем нравились хорошо прожаренные колья, а еще это давало им возможность поболтать в одиночестве и наверстать упущенное.

"Что ты думаешь о нашем супергеройском сайте?" спросил E-Z.

ПиДжей и Арден посмотрели друг на друга, затем пожали плечами.

"Давай", - сказал E-Z. "Что вы, ребята, на самом деле думаете об этом? Я знаю, что вы заглядывали на сайт, потому что дядя Сэм помог мне изучить данные. Я и не подозревал, что мы можем узнать так много информации, например, кто посещает наш сайт, как долго они там находятся, что смотрят. И я узнал твои IP-адреса. Итак, скажи, что ты об этом думаешь?"

"Вся правда? Без обиняков?" поинтересовался ПиДжей.

"Жестокая правда?" добавил Арден.

"Да", - уговаривал E-Z. Он понизил голос до шепота. "Дядя Сэм проделал отличную работу. Тем не менее мы не нацелены на нужную аудиторию, так как почти не получаем трафика. Кроме вас двоих и IP-адреса, расположенного во Франции, у нас почти нет просмотров".

"Несколько человек, как и ты, несколько раз возвращались и заглядывали на сайт, но надолго не задерживались. Дядя Сэм предложил, может быть, начать рассылку, заставить людей подписаться и присылать им обновления, но я не знаю. В наше время все делают рассылки, и это кажется большой работой. Дядя Сэм показал мне, что он подписался примерно на пятьдесят таких рассылок!

"Что касается просьб о помощи - а именно по этой причине мы и запустили сайт, - то пока нас просили сделать только то, с чем справляются местные власти, например полиция и пожарная служба.   Мне не нравится идея, когда мы бросаемся спасать кошку на дереве, а пожарная служба появляется в полном снаряжении, чтобы сделать ту же самую работу. Это неэффективно и для них, и для нас. И очень неловко, когда они появляются как раз в тот момент, когда мы уже заканчиваем работу. Их время очень ценно - они каждый день спасают жизни. Это выглядит неуважительно, если ты понимаешь, о чем я? Они спасают жизни и находятся на связи двадцать четыре семь.

"Я думаю, нам нужно, чтобы запросы были вне их сферы, чтобы мы не тратили их время и не усложняли их работу. Извини за такую длинную речь, но, когда я думаю обо всем, что они сделали после несчастного случая с моими родителями..."

ПиДжей и Арден наклонились поближе и зашептались. Они не хотели задеть чувства Сэма - в конце концов, они не были экспертами - или рисковать тем, что он может подслушать их и сжечь их стейки до хруста.

"Эм, мы полностью понимаем твою точку зрения", - сказал ПиДжей. "Кроме того, полиция и пожарные - это важные службы, и им платят за спасение людей. В то время как вы все - добровольцы".

"Значит, их сайт и их присутствие в социальных сетях отличается от того, что должно быть у тебя", - сказал Арден. "И у них много персонала на разных уровнях, чтобы поддерживать и обновлять все".

"Тогда как твоему сайту нужно что-то более супергеройское - если это вообще можно назвать словом - и менее корпоративное. Как у легенд, тех, по чьим стопам ты идешь. Посмотри на некоторые сайты, созданные для них, - а ведь это вымышленные персонажи. Представь, что мы могли бы сделать, если бы последовали их примеру, - сказал Арден.

"Например? Я знаю, что у вас, ребята, есть идеи, так что поделитесь", - сказал E-Z.

"Ну, как ты, наверное, уже догадался, мы провели небольшой мозговой штурм вдвоем. И мы создали инсценировку - она не живая и не будет таковой, пока ты ее не одобришь, - того, каким может быть твой сайт. Он у меня на телефоне. Посмотри и пойми, что мы имеем в виду, и подумай о возможностях, ведь это было сделано нами довольно быстро". ПиДжей нажал на старт. Тройка наклонилась.

На экране сначала появились слова: "Добро пожаловать на супергеройский сайт The Three". Затем он увеличил изображение E-Z в анимированном виде. Он, как и следовало ожидать, сидел в своем инвалидном кресле, одетый в черную футболку, синие джинсы и пару кроссовок.

E-Z погладил себя по волосам, когда увидел, как похожа на бутылочную щетку черная полоса посередине его светлых волос. Он так и не смог привыкнуть к этому.

"Что это у меня на футболке, джинсах и кроссовках? Это что, логотип? И как ты сделал из меня мультяшку?"

"Да, это логотип. Мы решили, что крыло ангела - это круто и уместно", - сказал Арден.

"Мы использовали приложение, чтобы сделать из тебя мультяшку", - сказал ПиДжей. "Мы немного подредактировали твои руки. Надеюсь, мы не переборщили".

И-Зи присмотрелся, когда анимированная версия самого себя скрестила руки. Теперь его довольно громоздкие предплечья привлекли его внимание, а щеки раскраснелись. Он выглядел как придурок, позер. Неужели его друзья действительно считают, что в таком виде он выглядит лучше? Он скривился, когда на экране появились крылья E-Z. Он завис в воздухе и указал пальцем.

Это было первое знакомство с Лией. Она появилась также в анимационной форме. Лия была одета с головы до ног в фиолетовый комбинезон с пачкой. Ее светлые волосы были собраны в хвост, а над глазами красовались фиолетовые солнцезащитные очки. Она выглядела задорной, дружелюбной и милой, когда шла по экрану. Она поворачивалась и останавливалась, как модель на подиуме, и принимала позу.

E-Z насмешливо хмыкнул; он ничего не мог с собой поделать.

"Ну, по крайней мере, я не выгляжу как позер с фальшивыми мышцами!" - сказала она. E-Z не стал комментировать.

Анимированная Лия вытянула руки вперед, ладонями к земле. Затем, вуаля, она перевернула их. Левый глаз на ее ладони открылся, за ним последовал правый. Синхронно они моргнули. Лия задержалась в позе, а затем присвистнула сквозь пальцы.

"Хотела бы я действительно так делать!" - сказала она, пытаясь подражать анимационной версии себя.

И-Зи присвистнула.

"Выпендривайся", - сказала она, толкнув его локтем.

Теперь на экране появилась Крошка Доррит. Она была элегантной и женственной, и белой как снег. Единорог подлетела к Лии, приземлилась и опустила голову, чтобы девочка могла ее погладить. Лия запрыгнула на него, а Малышка Доррит полетела рядом с E-Z. Они зависли, а затем повернули головы.

Это была реплика Альфреда. В мультяшной форме его ярко-оранжевый клюв, казалось, блестел на свету. Он прямо контрастировал с его красным галстуком-бабочкой цвета сладкого яблока. Когда он шел к Лии и E-Z, его перепончатые лапы хлюпали, словно присоски.

"Мои ноги не издают таких звуков!" сказал Альфред.

"Ух, они тоже", - с ухмылкой ответил E-Z, когда Альфред на экране расправил крылья и полетел в сторону двух своих товарищей.

Тройка встала в позу. E-Z стоял посередине лицом к лицу с Лией слева, Альфред - справа. Затем это произошло. Тройка - Лия и E-Z - подняли большие пальцы вверх. Альфред, в свою очередь, сделал жест "крылья вверх".

"Это неловко", - прошептал E-Z Альфреду.

"Без шуток!"

"Ш-ш-ш", - сказала Лия, когда на экране зазвучал закадровый голос. Это был голос Ардена, но его тон был ниже. Он звучал как ведущий игрового шоу.

"Если тебе нужен супергерой... E-Z, Лия и Альфред - также известные как The Three - к твоим услугам двадцать четыре часа в сутки, семь дней в неделю. Позвони по номеру ***-***-**** или отправь сообщение через социальные сети.

Когда тебе нужна чья-то помощь... Позвони The Three. Они будут рядом с тобой... немедленно. Ты можешь рассчитывать на них... потому что они - лучшие из тех, кого ты увидишь. Двадцать четыре часа в сутки, семь дней в неделю... удовлетворение гарантировано".

"А теперь большой финиш", - сказал Арден.

Тройка сложила руки на груди. Альфред сложил крылья.

"Э-э, это невозможно", - сказал Альфред.

"Ш-ш-ш", - сказала Лия.

Выставив подбородки вперед один за другим, Тройка приняла позу.

ПиДжей нажал на паузу.

"Принимая во внимание то, что ты сказал о юрисдикции, нам, возможно, придется изменить этот кусочек", - сказал он. Он нажал на старт.

"Никакая работа не является для нас слишком большой или маленькой!" сказал компьютерный вариант голоса E-Z.

Затем круг в центре экрана пошел по кругу, как будто wi-fi пытался найти сигнал. Теперь слово BAM! заполнило экран. Затем слово SOCKO!

Они смотрели, как E-Z спасает кота, который застрял высоко на дереве.

"О, брат", - сказал он.

Голос его анимационного персонажа продолжил.

"Мы - Трое.

Мы здесь ради тебя!

Кот застрял на дереве...

Мы спустим его для тебя!".

И-Зи показали, как он вручает спасенного кота какой-то семье.

"Э-э, этого никогда не было", - сказал он.

"Мы, эм, взяли немного поэтической лицензии", - признался Арден.

"Мы можем исправить все, что тебе не нравится", - сказал ПиДжей.

Теперь круг снова появился на экране, проходя круг за кругом. Когда он остановился, на экране появилось слово BANG! За ним последовало слово ZIP!

На экране мультипликационный E-Z спасал самолет, полный пассажиров. Когда он сажал самолет, сотни ожидающих наблюдателей на взлетной полосе зааплодировали.

"Вот это уже больше похоже на это", - сказал он.

"Ш-ш-ш", - сказала Лия.

На экране E-Z произнес,
"Потому что мы твои друзья!
Наши услуги бесплатны.
24/7
Потому что мы - The Three!".

Снова круг, идущий по кругу. Затем следует БИНГО! И БАМ!

Теперь спасение на американских горках было воссоздано в анимационной форме. Это было очень хорошо. Настолько точно, что они могли почувствовать запах сахарной пудры и карамельной кукурузы.

"О!" сказал И-Зи.

Лия зааплодировала.

Альфред покачал шеей из стороны в сторону, словно его недавно обрызгали очень прохладной водой.

"Мне нравится!" сказала Лия. "И спасибо, что включил мой любимый цвет. Как ты узнал?"

"Я заметил, ты часто его носишь", - сказал ПиДжей. Его щеки раскраснелись. "Я так рад, что он тебе нравится".

"А ты что думаешь, E-Z?" спросил Арден.

Альфред бросил взгляд в сторону E-Z.

"Это была э-э-э, - сказал E-Z, - э-э-э... хорошая попытка".

"Ужин готов, иди и возьми его!" позвал Сэм.

"Пусть именинник идет первым", - сказала Саманта.

И-Зи направился через двор вместе с Альфредом.

"Поговорим об идеальном времени", - сказал он.

"Да, эти двое еще те прохвосты", - ответил Альфред.

"Но их сердца находятся в правильном месте. Это умная идея, просто немного перебор для нас".

"Немного?" скривился Альфред.

"Ладно, многовато, но они все же попробовали. Мы можем оставить то, что нам нравится, а от остального избавиться".

Когда все получили свою еду, они сели за стол для пикника и поели. Небо изменилось, и яркие звезды заполнили небо вокруг них. Они наелись досыта, потом Саманта вынесла именинный торт, который испекла, и все запели "С днем рождения!".

"Речь! Речь!" подпевал Арден, и вскоре все присоединились к нему.

И-Зи задумался на несколько секунд.

"Спасибо, что сделали мой пятнадцатый день рождения особенным. Я бы хотел уделить минуту памяти маме и папе и поделиться с вами воспоминаниями о дне рождения. Если ты не против? Обещаю, что не стану таким уж ханжой".

Все кивнули.

Саманта, которая с тех пор, как забеременела, всегда была сопливой. Будь то счастливые или сидячие слезы, она смахнула одну еще до того, как он начал. "Я в порядке", - сказала она, когда Сэм обнял ее за плечи.

"Это было на мой пятый день рождения. Я не хотела вечеринку и попросила вместо этого сходить в кино. Вместо того чтобы смотреть в газете, чтобы узнать, что идет, мы просто решили прийти и на месте решить, что смотреть. В любом случае они сказали, что я могу выбирать, так как я был именинником".

Он на секунду закрыл глаза.

Он снова оказался там, в театре. Там была мама, полностью закутанная в парку. На ней были наушники, и она потирала руки, как делала всегда. Мама всегда носила перчатки и жаловалась, что у нее мерзнут пальцы.

На папе было синее пальто длиной до колен, надетое поверх джинсов. Он не любил носить шапку в городе, потому что она путала его волосы. Его руки были без рукавиц. Засунуты в карман пальто вместе с ключами.

И-Зи понюхал воздух. Он чувствовал запах маслянистого попкорна внутри кинотеатра, ожидая, пока они зайдут и закажут его.

Они рассматривали афиши.

"А как насчет этой?" - спросила его мама.

"Нет, E-Z предпочитает ту?" - сказал его отец.

Он снова открыл глаза.

Вместо того чтобы быть на заднем дворе со своей семьей и друзьями, он был снова в бункере

- снова. Он не возвращался туда с тех пор, как архангелы отказались от своего соглашения.

"С днем рождения!" - воскликнул голос в стене.

В стене рядом с ним открылась панель, и оттуда выскочил кекс. Сверху на нем было написано: "С днем рождения, E-Z". В центре стояла одна-единственная уже зажженная свеча.

"Наслаждайся!" - сказал голос, опуская нож и вилку на стол рядом с ним.

"Спасибо", - сказал он. "А почему я здесь?"

"Время ожидания - четыре минуты", - сказал назойливый голос. "Пожалуйста, оставайтесь на своих местах".

Как будто у него был какой-то выбор в этом вопросе.

ГЛАВА 1
ДЕНЬ РОЖДЕНИЯ ПРЕРВАН

И -Зи не притронулся к кексу, сидящему перед ним, хотя выглядел и пах он прекрасно. Ему было интересно, что происходит на его вечеринке. По крайней мере, он знал, что они не могут разрезать торт, пока он не задует свечи и не загадает желание. Какая-то вечеринка по случаю дня рождения дома, когда его там даже не было!

"Заберите меня отсюда!" - кричал он. "Я пропускаю свой собственный пятнадцатый день рождения, а ведь я был в самом разгаре, рассказывая сказку".

Крыша силосной башни распахнулась, и Эриел взлетела к нему, как молния в грозу.

"Рад снова видеть тебя, бывший протеже", - сказал он.

"Чувства не взаимны. Почему я здесь? Я думал, что покончил с вами со всеми, и сегодня мой день рождения - мне нужно вернуться к этому".

"Да, я прошу прощения за то, что не вовремя - но мы не могли позволить твоему дню рождения пройти, не пожелав тебе хотя бы хорошего".

"Э-э, спасибо, я думаю".

"И раз уж ты здесь, почему бы тебе не съесть свой праздничный кекс? И не забудь загадать желание - тебе понадобится вся помощь, которую ты сможешь получить!" - сказал архангел, хихикнув.

Помимо E-Z, открылось окно, и из него высунулась механическая рука с зажженной спичкой. Она подожгла фитиль, а затем отступила назад в стену так быстро, что спичка сама собой погасла. E-Z посмотрел на мерцающую свечу. Он задумался, что означал последний комментарий, но решил, что Эриел его поначивает. Его мозг был пуст. Он не мог придумать ни одной вещи, которую можно было бы загадать. Кроме этого, он снова был в доме со своими друзьями и семьей, праздновавшими его день рождения. Когда он задул свечу, Эриел завела песню. Это было отрывистое исполнение песни "Ведь он веселый парень, чего никто не может отрицать".

"Не обижайся, - сказал И-Зи, - но ты должен был спеть Happy Birthday".

"Главное - это мысль", - сказал Эриел. "Теперь, когда мы завершили сегмент твоего визита, связанный с днем рождения, мы хотели бы узнать, ты уже разгадал загадку?"

"Загадку? Какую загадку?"

"Да, мы предложили тебе попробовать установить связи - в твоих прошлых испытаниях. Помнишь, мы говорили, что не хотим кормить тебя с ложечки? Удалось это сделать?"

"О, это не казалось мне ни приоритетом, ни загадкой для решения, особенно после того, как ты отказался от своего предложения. Но да, я писал в своем блокноте, записывая то, чего мы достигли на данный момент, и я заметил пару связей с играми, но они были чисто случайными."

"Совпадение! Определенно нет. Происшествия связаны между собой - это может увидеть любой!" сказал Эриел, сохраняя низкий голос, чтобы не потерять самообладание.

"Э-э, извини, но совпадения случаются постоянно. Ты знаешь, сколько детей играют в компьютерные игры? Я поискал в Интернете. По данным на 2011 год, девяносто один процент детей в возрасте от двух до семнадцати лет играют каждый божий день. Это примерно шестьдесят четыре миллиона детей по всему миру".

"А, значит, ты определился с этим. Это хорошо. Что-нибудь еще ты выяснил по этому поводу? Или какие-то опасения, которые у тебя могут возникнуть? Какие-то причины, по которым тебе следует провести дополнительные исследования, - исследования это хорошо. Инициатива - это очень, очень, очень хорошо".

"Нет. Я довольно занят, у меня другие дела - школа и все такое. Кроме того, если ты хочешь, чтобы я продолжал заниматься этим - сначала тебе придется убедить меня, что это не просто совпадение. Я проверил еще несколько статистических данных. Например, девушек-геймеров стало больше, чем когда-либо прежде. Многие из них создали бизнес на YouTube и зарабатывают на жизнь. Не дети, конечно, но, судя по статистике, которую я читал в интернете, на 2019 год сорок шесть процентов геймеров - девушки".

Эриел постучал своим длинным и костлявым пальцем по подбородку, словно обдумывая то, что рассказал ему E-Z. "Ах, снова я впечатлен. Тебя не настораживает такая статистика?"

"Э-э, нет, не нахожу". Он глубоко вдохнул, теряя терпение от того, что пропустил свой день рождения. "Так ли важно, чтобы мы сделали это сегодня? Ты не можешь привезти меня сюда в другой раз? Ничего из того, о чем мы говорим, не звучит критично".

Эриел перестал постукивать, и его правая бровь взлетела вверх. Он уставился на именинника.

"Или нет?" поинтересовался E-Z.

Эриел подождал, прежде чем ответить. Он обвел языком слова, словно ему было трудно их выговорить. Он повысил тон своего голоса до сопрано и сказал: "Ан-и-тин-г эл-се а-бу-т то-се т-во ин-ци-ден-тов? An-y-thin-g to ca-use a-l-a-rm?

И-Зи хотел, чтобы Эриэл сказал все по буквам и перешел к делу. Он не хотел ставить себя в неловкое положение, утверждая очевидное или ошибаясь.

"Рафаэль был прав, ты какой-то толстый".

"Эй!" крикнул E-Z. "Если тебе нужна моя помощь, то ты собираешься получить ее очень странным способом". Он провел пальцем по глазури на кексе и пососал палец. На вкус она была приятной, как сахарная вата. "Убийство. Один пытался убить меня, а другой убивал людей в магазине. Оба сказали, что их мотивы связаны с игрой".

"В яблочко", - сказал Эриел.

"И?"

"Неважно!" Эриел исчезла сквозь потолок, напевая: "Толстый, как кирпич, толстый, как кирпич, толстый, как кирпич".

E-Z поднял кулаки в воздух. "Ты вернешься сюда и скажешь мне это в лицо!"

Раздался смех Эриел, отскакивая от стен.

ПФФТ.

"Э-э, спасибо", - сказал E-Z, после чего оказался дома, на своей вечеринке. Все были заняты, играли в игры, занимались своими делами - как будто его там вообще не было, чего не было.

Он наблюдал, как Сэм занял свою очередь на лестничном шаре. Он не был особенно хорош в этом, но И-Зи все равно подошел и посмотрел на его вторую попытку. После того как он закончил свой бросок, полностью промахнувшись мимо цели, он подошел к племяннику.

"Я вижу, ты все еще работаешь над тем, чтобы освоить эту игру", - сказал E-Z.

"Да, это приобретенный талант. Кстати, куда ты пропал?"

"Эриел хотел поздравить меня с днем рождения, помимо всего прочего".

"Хм, это было мило с его стороны. Не так ли?"

"Ну, ты же знаешь Эриэля. Он никогда ничего не делает без мотива. В данном случае он хотел, чтобы я установил связь, основанную на воспоминании".

"Воспоминание о чем? О твоих родителях? Об аварии?":

"Нет, он хотел, чтобы я установил связь между двумя зачинщиками испытания. Что, кстати, я и сделал. Потом он ушел, сказав, что я толстый, как кирпич".

"Как грубо!" воскликнула Лия. Она слушала разговор с тех пор, как ей наскучила игра в метание мяча.

"Да еще и в твой день рождения", - сказал Альфред. Он был еще более безнадежен, чем Сэм, так как ему приходилось бросать мячи с помощью клюва.

"Хочешь попробовать?" спросил ПиДжей, передавая мяч И-Зи, который переставил свой стул перед мишенью, а затем подбросил мяч. Он ударился о верхнюю перекладину, покрутился несколько раз и приземлился в премиум-позиции.

"Вот как ты это делаешь!" сказал Сэм.

"Мы с ПиДжеем делали такие броски на протяжении всей игры", - сказал Арден.

"Ах, но ты же не мой племянник", - ответил Сэм.

Вечеринка продолжалась до тех пор, пока не стало слишком темно, чтобы играть дальше, и все решили не петь вместе. ПиДжей и Арден отправились домой, а E-Z и остальная банда отправились спать.

ГЛАВА 2

Ч ерез два дня после празднования дня рождения И-Зи Пи-Джей и Арден оказались в затруднительном положении.

Это была Лия, у которой было видение, что что-то не так. Она вспоминала видение Альфреда и E-Z: "Они были словно в трансе. И оба сидели за своими столами, уставившись в пустые экраны компьютеров".

"Ничего необычного в этом нет", - сказал E-Z. " Они часто играют в игры вместе, и, возможно, они спали".

"С открытыми глазами?"

"Ладно, пойдем вон туда", - сказал E-Z.

"Это же посреди ночи!" воскликнул Альфред.

"И всё же нам лучше проверить".

Тройка выскользнула из дома, решив сначала пойти к ПиДжею, так как его дом был ближе всего.

"Не думаю, что его родители оценят столь поздний визит", - сказал Альфред.

"Они поймут", - сказала Лия, позвонив в парадную дверь.

Мгновением позже дверь распахнул очень сонный мужчина, потирающий глаза, в пижаме - отец ПиДжея.

"Кто там?" - позвала его мать изнутри.

"Это друзья ПиДжея", - ответил его отец. "Что-то случилось?"

"Э-э-э, - сказал E-Z, - извините, что беспокоим вас, но нам очень нужно увидеть ПиДжея. Это срочно".

"Тогда вам лучше зайти", - сказал отец ПиДжея.

ГЛАВА 3
РАНЬШЕ

Ранее вечером ПиДжей и Арден работали над сайтом супергероев. Они обновили информацию и добавили несколько новых элементов.

Раньше, когда поступал запрос на помощь, письмо отправлялось в почтовый ящик. Когда кто-нибудь заходил на сайт в следующий раз, он видел его и отвечал соответствующим образом. С новой системой E-Z, Арден и ПиДжей будут получать текстовые сообщения мгновенно.

Кроме того, человек, запрашивающий запрос, получал бы автоответ с отметкой времени. ПиДжей и Арден были уверены, что такое автоматизированное обновление повысит доверие и принесет больше трафика на сайт.

ПиДжей и Арден также создали канал на YouTube с подкастом. Это было нечто новое, что они придумали во время мозгового штурма. Им не терпелось рассказать об этом E-Z. Это был бы отличный способ увеличить присутствие The Three в сети. Они также создали доску сообществ для открытого обсуждения.

Система также классифицировала входящие сообщения. Например, спасение кошки с дерева. В The Three поступало множество запросов на эту услугу. Поскольку местные чиновники были более подготовлены к тому, чтобы отвечать на такие звонки, ПиДжей и Арден сделали эту услугу Code Blue.

Синий код означал, что к тому времени, когда E-Z прибудет на место, чтобы спасти кошку, она уже будет спасена. Синий код означал, что ему следует подождать, чтобы убедиться, что ситуация разрешилась, прежде чем отправляться в путь.

Желтый код может означать, что кто-то забыл ключи или запер их в машине. Опять же, к тому времени, как E-Z добрался до места, ситуация уже была решена. И снова совет: подожди и проверь, прежде чем отправляться в путь.

Распределив "синих" и "желтых" по категориям, E-Z и его команда смогли бы сосредоточиться на более важных вызовах, то есть на "красных".

Красный код - это когда под угрозой оказывались жизни или конечности. С тех пор как был создан сайт, "Тройка" получила ноль запросов этой категории.

Довольные тем, как многого они добились, они решили выпустить пар. Они присоединились к многопользовательской игре.

"Три девушки", - набрал ПиДжей, обращаясь к Ардену.

"Мы справимся с ними!" - ответил он.

Игра началась, и поначалу все шло как обычно. Они громили девушек, поднимались на уровень за уровнем, убивая все на своем пути. А потом вдруг все оборвалось.

ГЛАВА 4
PJ'S PLACE

Теперь "тройка" и родители ПиДжея пробирались по коридору в его комнату. То, что они увидели, было в основном таким, как представляла себе Лия. Разница заключалась в том, что экран компьютера все еще был включен. Он мигал и мерцал, а ПиДжей, казалось, крепко спал.

"Что с ним такое?" поинтересовалась мама ПиДжея. "Он должен быть в кровати и спать. Посмотри на его позу. Скорее всего, у него обезвоживание. Я принесу ему стакан воды".

Отец ПиДжея переместился в другой конец комнаты и пожал плечами сына. Он ожидал, что сын проснется, но тот не проснулся. Вместо этого он сполз на стул и упал бы на пол, если бы отец не поймал его. Он отнес сына и положил его на свою кровать.

Мать ПиДжея вернулась, поставила воду на приставной столик, а затем прижалась губами ко лбу сына. "Лихорадки нет", - сказала она.

Отец ПиДжея приподнял правое веко сына и увидел, что видны только белки его глаз. "Звони 911", - воскликнул он.

"Нет, я думаю, мы должны позвонить нашему семейному врачу, доктору Фланелю", - сказала мать ПиДжея. "Он и раньше приезжал сюда с визитом на дом. Когда это было срочно - а это точно срочно".

"Миссис Хэндл", - сказал И-Зи, - "С ним все будет в порядке".

"Конечно, будет, - ответила она, пока мистер Хэндл выходил из комнаты, чтобы позвать доктора Фланеля".

Когда он вернулся, они все вместе молча ждали, наблюдая за спящим ПиДжеем. Они словно ожидали, что он вот-вот вскочит и начнет дурачиться. Это было бы совсем на него похоже - разыгрывать его. Обманывать их.

Мистер Хэндл суетился, подпрыгивая на ноге, пока сидел. Он встал, переместился через всю комнату и наклонился, чтобы посмотреть на жесткий диск. Он поднял ногу, как будто собирался пнуть его, но в последний момент передумал и выдернул шнур из розетки.

Они смотрели, как мистер Хэндл начал трястись всем телом, пока не выронил вилку. Он повернулся и пошел к ним. Позади него из жесткого диска валил дым. Секунды спустя экран монитора треснул.

"Хватай огнетушитель!" позвал Альфред, но E-Z уже схватил стакан с водой и швырнул его на коробку. Он зашипел и присоединился к экрану, оба абсолютно мертвые.

Мать ПиДжея подбежала к мужу и помогла ему сесть. "Доктор тоже сможет взглянуть на тебя, когда приедет", - сказала она. "Тебе так повезло. Я не переживу, если вы оба пострадаете".

"Я в порядке", - сказал мистер Хэндл.

Но для "Тройки" он не выглядел здоровым. Он был бледным, немного зеленым и немного серым.

"Не суетись", - сказал мистер Хэндл. "Спасибо за быстрое соображение, E-Z". Затем жене: "Хорошо, что ты принесла воду".

"ПиДжей очень расстроится, когда увидит, что его компьютер испорчен".

"Сейчас, сейчас", - сказал мистер Хэндл. "Он поймет".

Ему явно становилось лучше, так как Тройка заметила, что его дыхание пришло в норму, как и бледность.

Поскольку все казалось в порядке, И-Зи упомянул Ардена. "Пока вы ждете доктора, нам очень нужно проверить Ардена. Мы думаем, что он может быть в похожем состоянии".

"Они часто играют в игры вместе, но что могло вызвать такое?" поинтересовался мистер Хэндл.

"Я не знаю, но вы не против, если я пойду и проверю Ардена?".

"Иди", - сказала миссис Хэндл.

"Лия останется здесь с вами", - сказал И-Зи. "Она может держать нас в курсе, и если мы тебе понадобимся, то сразу же вернемся".

"Спасибо тебе, E-Z, и Альфреду", - сказал мистер Хэндл, провожая их до входной двери.

ГЛАВА 5

ARDEN'S PLACE

И-Зи и Альфред добрались до дома Ардена. Не успели они даже постучать, как дверь открыл отец Ардена мистер Лестер.

"Как ты узнал?" - спросил он.

И-Зи не мог сказать ему правду. Поэтому вместо этого он сымпровизировал ложь. "Эм, я всю жизнь был лучшим другом Ардена, так что я вроде как знаю, когда что-то не так. Могу я его увидеть?"

"Конечно, проходи в его комнату", - сказала мать Ардена миссис Лестер. "Не пугайся. Он всего лишь спит. Утром он будет в порядке".

Мистер Лестер взял жену за руку и повел ее по коридору к тому месту, где крепко спал Арден.

"О", - воскликнул Альфред, увидев его. "Он выглядит так, будто у него шок".

"Загляни ему под веки", - сказал мистер Лестер.

И-Зи оттянул веко своего друга. Зрачок ПиДжея был виден, но он был больше и выглядел так, будто в любой момент мог выскочить из глазницы. Он снова закрыл веко над ним.

Альфред Ху-ху'д. Именно это услышали Лестеры. Он же сказал: "Что, черт возьми, могло вызвать это? Страх? Или что-то более серьезное, например припадок?".

E-Z пожал плечами, ничего не ответив. Лестеры и так были напуганы и напряжены, к тому же им оставалось только гадать.

"Где именно ты его нашел?" спросил E-Z.

"Он сидел перед своим компьютером", - ответила миссис Лестер.

"А экран был включен?" - спросил он.

"Да, был", - ответил мистер Лестер. "Мы позвонили нашему семейному врачу. Он сейчас занят, у него другой вызов, но он нам перезвонит".

"Они уже вызвали врача к ПиДжею, доктора Фланеля. Давай я позвоню Лиа и узнаю, поставил ли он уже диагноз".

"Они почти одинаковые", - сказал он.

"Что значит "почти"?"

Он на колесиках выехал из комнаты. Не нужно было волновать Лестеров больше, чем они уже волновались. Он прошептал в телефон: "Его зрачки все еще видны, но они огромные. Как язвы, вот-вот лопнут!"

"О, мерзость!" сказала Лия. "Может, ему стоит поехать в больницу?" "Они позвонили своему семейному врачу, но он недоступен. Так что дай мне знать, как только доктор Фланель выскажет свое мнение, и я передам его. Возможно, ты захочешь рассказать ему о глазе Ардена и узнать, не посоветует ли он немедленную госпитализацию".

"Обязательно. Я буду на связи".

Он все объяснил Лестерам. Они смотрели вперед с пустыми лицами. Его беспокоило, как они все это воспримут.

"Кто-нибудь хочет чашку чая?" поинтересовалась миссис Лестер.

"Нет, спасибо", - ответил И-Зи. Миссис Лестер была одной из тех мам, которые считали, что чай может решить большинство проблем.

Мистер Лестер последовал за женой на кухню.

"Разве ты обычно не присоединяешься к их играм?" поинтересовался Альфред, когда они с И-Зи остались наедине с Арденом.

"Иногда, - ответил E-Z, - но в последнее время, если у меня появляется свободное время, я обычно трачу его на писательство. В последнее время у меня не так много времени на себя".

"Понятно. Извини, если я слишком много тут болтаюсь".

"Нет, все нормально. Мне нужно стать более организованным. Школьная работа становится все сложнее, ты же знаешь, что мы на пути к карьере и окончанию школы. Они хотят, чтобы мы знали, куда идем, а мы еще даже не знаем, где находимся".

"Я помню эти дни, но ты разберешься. В любом случае, я рад, что ты не играл с ними в эту игру - иначе ты мог бы оказаться в том же состоянии, что и они".

"Верно. Не представляю, что могло их так напугать... если все так и было. Ведь игра есть игра - не реальность. Должно быть, это было чертовски интересное соревнование".

Лестеры вернулись в комнату сына.

"Что случилось?" закричала миссис Лестер.

Веки Ардена были открыты, обнажая полностью белые внутренности. Как и у Пи-Джея, его зрачки исчезли.

У E-Z возникло ощущение дежа вю, когда мистер Лестер прошел через комнату и наклонился, чтобы вынуть вилку из розетки.

"Стоп!" крикнул E-Z. "Не трогай его!"

Мистер Лестер застыл на месте.

"Мистера Хэндла чуть не ударило током, когда он до него дотронулся. Лучше всего оставить его в покое".

"О, слава богу, что ты был здесь и предупредил меня", - сказал мистер Лестер.

"Да, спасибо тебе, E-Z. Я бы не смогла справиться с этим, если бы и мой сын, и мой муж пострадали. Просто не смогла бы". Она пересекла комнату и обняла своего мужа.

"После этого его компьютер сломался, экран треснул, и из него пошел дым", - объяснил E-Z. " Итак, компьютер ПиДжея обгорел, поджарился - тост. Тогда как компьютер Ардена остался цел. Если мы придумаем, как проникнуть в него - безопасно - возможно, мы сможем узнать, что с ними случилось. Для начала мне нужно позвонить дяде Сэму и попросить его о помощи. Он технарь-айтишник, так что будет знать, что делать".

"Подожди", - сказала миссис Лестер. "Ты хочешь сказать, что и ПиДжей, и Арден - одно и то же?"

Он кивнул.

"Я всегда говорила, что компьютеры - это зло!" - сказала она. "Мой Арден - спортсмен. Он должен был заниматься спортом, а не сидеть за компьютером и тратить время впустую". Она всхлипнула, уткнувшись в грудь мужа, и он обнял ее.

"Компьютеры необходимы для школы", - сказал мистер Лестер. "Наш сын не сделал ничего плохого, и я уверен, что он в любой момент вернется к прежнему образу жизни. Ему нужно немного поспать. Немного отдохнуть, вот и все. С ним все будет в порядке".

Альфред "Ху-ху-ху".

E-Z получил сообщение на свой телефон. "Лия говорит, что доктор Фланель велел им оставить ПиДжея там, где он есть. Он сказал, что его глаза должны сами вернуться в нормальное состояние. Он говорит, что ПиДжей, похоже, не испытывает боли. Его сердцебиение и пульс в норме. Ему нужен отдых".

"Спасибо", - сказал мистер Лестер.

"Спасибо, что заглянули", - сказала миссис Лестер. "Мы сообщим тебе, если будут какие-то изменения".

И-Зи и Альфред ушли после продолжительного визита, встретились с Лией, и они все вместе пошли домой.

"Я не могу не задаваться вопросом, - сказал И-Зи, - не суждено ли этой истории с Пи-Джеем и Арденом стать испытанием. Эриел намекнула, что я должен быть чем-то обеспокоен. Что я даже должен захотеть продолжить это. Если это так, то я не уверен, как мне это исправить. У тебя есть какие-нибудь идеи? Кроме как попросить дядю Сэма помочь нам залезть в компьютер Ардена - тут я в полной растерянности".

"Странно, если это испытание", - сказал Альфред. "Потому что судебные разбирательства - это нечто из прошлого, не так ли?"

"Так и есть, но если ПиДжей и Арден пострадали, то у меня не будет другого выбора, кроме как вмешаться. Даже несмотря на то, что архангелы отказались от нашей сделки".

"Они оба выглядят такими, не в себе. Чего они ждут от тебя? Ты же не обладаешь целительскими способностями или чем-то в этом роде", - сказал Альфред.

"Но у тебя есть!" сказала Лия.

"Да, но когда они полезны. Я пыталась общаться с их разумом. Но они были словно пусты. Я не могла до них достучаться. Чтобы исцелить их, должна быть какая-то связь. А мне не с чем было связываться.

"Я постоянно спрашиваю себя, стоит ли мне позвать на помощь Ариэль. Она ведь Ангел природы. Может быть, она сможет что-то подсказать или сделать то, чего не могу я".

"Это многообещающая идея", - сказал E-Z.

WHOOPEE

Появилась Ариэль.

"Что случилось?" - спросила она.

Альфред объяснил ситуацию.

E-Z спросил, не было ли это испытанием, которое архангелы пытались подсунуть постфактум.

"В любом случае ты должен помочь своим друзьям", - сказала она. "Ты ведь хочешь им помочь, не так ли?".

"Конечно, хочу, но то, что мне нужно сделать, какие действия предпринять в испытании, обычно более очевидно".

"Разве я не слышала шепот о том, что ты не способен проявлять инициативу?" поинтересовалась Ариэль.

"Ты намекаешь, - поинтересовался И-Зи, сохраняя низкий голос, чтобы не потерять самообладание. "Что архангелы ввели моих друзей в кому, чтобы проверить мою инициативу?"

Ариэль улыбнулась. "Нет, я не предполагаю ничего подобного. Но, если бы это было испытание, то что бы ты сделал, чтобы помочь им?"

"Когда передо мной ставят испытание, мой мозг включается в работу. Я знаю, что нужно сделать, чтобы исправить ситуацию, и иду вперед и делаю это. В этом случае я понятия не имею, что делать, чтобы исправить ситуацию. Они находятся в медицинской опасности. А я не врач".

Ариэль скрестила руки. "Что ты пытался сделать, Альфред?"

"Я пытался установить связь с разумом обоих. Обычно, если я могу исцелять людей или существ, возникает связь - та, которая не была нарушена внешней силой. В обоих случаях дверь как будто захлопнулась, и я не мог прорваться сквозь нее".

"Тогда ты сам ответил на свой вопрос", - сказала Ариэль. "Чем-нибудь еще я могу тебе помочь?"

"Ты не очень-то и помог", - сказала Лия.

Альфред извинился.

WHOOPEE

И Ариэль исчезла.

"Ты не должен так с ней разговаривать", - сказал Альфред. "Если бы она могла нам помочь, она бы помогла".

"Прости, но меня расстраивает, когда они знают не больше, чем мы. Они же архангелы! Они должны знать что-то, чего не знаем мы, иначе какой в них смысл?" поинтересовалась Лия.

"Ты хочешь сказать, что Ханиэль всегда способен решить любую проблему?"

Лия пожала плечами. "У меня было не так много тем для обсуждения".

E-Z сказал: "Эриель бесполезен. Всякий раз, когда я просил его о помощи, он отказывался от нее. Да, он давал советы. Говорил, чтобы я сам во всем разобрался.

"Например, когда он вызвал меня в прошлый раз, он намекнул на какой-то заговор, или связь, как он это назвал.

"Когда я догадался, что это - игры, - что связь есть, он все равно оказался бесполезен. Я бы хотел, чтобы они сказали об этом. Так или иначе, тогда я смогу сосредоточиться на том, чтобы вытащить двух своих друзей из этой ситуации".

"Понимаешь, о чем я?" сказала Лия. "Все архангелы абсолютно бесполезны".

"Ханиэль помог тебе, когда ты повредила глаза", - напомнил ей Альфред.

Лия отвернулась от него.

"Будем надеяться, что доктор был прав и утром они оба будут сами собой", - сказал И-Зи. "Это все, что мы можем сделать".

Прибыв домой, они вышли на задний двор. Поздоровавшись с малышкой Доррит, они полюбовались восходом солнца и поболтали о своих дальнейших действиях.

E-Z обсудил несколько вещей, которые не давали ему покоя. В Белой комнате они убеждали его соединять точки. Совсем недавно Эриел помогла ему сузить круг поиска.

Он перебрал в памяти все, что рассказала ему девушка в магазине. Как она брала заложников, словно в игре. Как она носила костюм, чтобы быть похожей на внутриигрового охотника за головами.

Далее он подробно рассказал о мальчике возле своего дома. Парень прямо сказал, что его послали убить E-Z голоса в игре, и если он этого не сделает, то его семью убьют.

Затем он подумал о том, что Эриел и другие архангелы участвовали в испытаниях. Теперь в этом были замешаны ПиДжей и Арден.

Стали бы архангелы втягивать их, чтобы добраться до него? Была ли это его вина - в том, что он слишком медленно решал головоломку, которую они ему дали? Архангелы сказали, что покончили с ним. Они отменили испытания, и он был рад, что они закончились. Почему они вернулись, пытаясь установить с ним новую связь? Это не могло быть совпадением.

Он открыл рот, чтобы сказать Альфреду и Лии, о чем он думает, - вместо этого он снова приземлился в бункер. Только на этот раз вместо металлического контейнера он был сделан из стекла, и он был без своего кресла.

ГЛАВА 6
ПОВЕРНИСЬ ЛИЦОМ ВНИЗ

E-Z был подвешен вверх ногами в стеклянном пузыре, рассматривая зеленую, зеленую траву земли. Он находился высоко над ней, и его голова болела так сильно, что он боялся, что она лопнет и разлетится по всему контейнеру. Но, к счастью, что-то удерживало его. Что это было, он не знал.

В отличие от других раз, когда он находился в бункере, здесь он не был закреплен (или его кресло не было закреплено) на месте. Еще одна вещь, которая беспокоила его, когда он висел вот так вверх ногами, - это то, что он не увидит приближающегося Эриэля. Он также не сможет почувствовать его запах.

Как только он подумал об Эриель, контейнер сдвинулся с места. Он боялся упасть. Он хотел ухватиться за что-нибудь, но ухватиться было не за что, кроме воздуха. Он обхватил себя руками.

Затем он почувствовал движение. Стеклянная камера повернулась по часовой стрелке на сто восемьдесят градусов. Его голова мгновенно стала лучше, яснее, и он сосредоточился на том, чтобы выбраться наружу. Чем быстрее, тем лучше.

Но слишком поздно: штука сдвинулась, затем повернулась еще на сто восемьдесят градусов. Он вернулся туда, откуда начал.

"Привет, Дуди", - пронзительно закричал Эриел, прижавшись лицом к стеклу. Затем он постучал и запел: "Впусти меня, впусти меня".

"Вытащи меня отсюда!" закричал E-Z.

"Успокойся", - ворковала Эриель. "Ты здесь по доброте душевной. Я хотела лично сказать тебе: твои друзья в опасности".

"Ты имеешь в виду ПиДжея и Ардена?" Эриел кивнула. "Ну, это я уже знаю! Ты великий большой шут!"

"Палки и камни сломают мои кости, но имена никогда не смогут причинить мне вреда", - пропела Эриел.

"Если ты не вытащишь меня отсюда - прямо сейчас, - то я сделаю с тобой больше, чем могут сделать палки и камни!"

Эриел постучал костлявым пальцем по подбородку. В конце концов, он все еще находился на правом боку, что было преимуществом перед перспективой, в которой находился E-Z.

"Я хотел, чтобы ты знал: даже если твои друзья в опасности, тебе не стоит волноваться. Они не в опасности для супергероев". Он сделал паузу. "Маленькая птичка сказала мне, что ты думаешь, будто мы пытаемся проскользнуть мимо тебя с очередным испытанием... Так вот, это не так. Предоставь их судьбе".

"Что ты имеешь в виду, когда говоришь, что они не в супергеройской опасности?" закричал E-Z.

Эриел исчезла, а стеклянный контейнер упал. Он взмахнул руками, выпрямился. Он снова упал. Так продолжалось до тех пор, пока он не убедился, что его череп скоро расколется, как яйцо, об асфальт.

И тут он увидел Альфреда, который на краю лужайки обгладывал траву.

"Эй!" крикнул E-Z. "ЭЙ!"

Альфред перестал есть и подошел к нему. Он увидел своего друга, висящего вверх ногами внутри стеклянного пузыря.

"Что ты там делаешь?" - спросил лебедь-трубач.

"Эриель!" воскликнул И-Зи.

"Достаточно сказано. Я пойду и разбужу Сэма. Надеюсь, он знает, что делать, чтобы вытащить тебя оттуда".

"Хорошая идея, и попроси его принести мой стул".

Пока он ждал, E-Z проклинал себя. Он упустил возможность потребовать от Эриел больше информации. Он повел себя как жертва. Он подвел двух своих лучших друзей.

Он разработал план. Когда я выберусь отсюда, я найду Эриэля и заставлю его рассказать мне, как спасти ПиДжея и Ардена. Я заставлю его поклясться, что он больше никогда не поставит меня в такое положение.

Погоди-ка. Если ПиДжей и Арден не были в супергеройской опасности. Какого рода опасность им грозила? Их вообще нужно было спасать? Или док Фланель был прав, говоря, что они скоро придут в себя и станут прежними?

Ему не нравилось утверждение "бросить их на произвол судьбы". Он верил, что мы сами творим свою судьбу, а два его друга находились в коме. Они не могли помочь себе сами, поэтому он собирался помочь им. Неважно, что говорила Эриель.

Наконец, дядя Сэм вышел, бренча большим инструментом в руке. "Это стеклорез", - сказал он. "Я знал, что однажды он пригодится, когда купил его в одной из тех инфореклам по телевизору. Там говорили, что он может резать стекло как масло. Давай проверим, была ли это ложная реклама". Он резал вокруг дна. Медленно. Осторожно.

"Эй, быстрее, я тут задыхаюсь! Если взойдет солнце, я поджарюсь".

"Терпение, дорогой мальчик", - ворковал Альфред.

"Почти пришли", - сказал Сэм. Он стоял на коленях, продвигаясь вперед, пока резак разрезал дно контейнера. Тем временем колени его пижамы потягивались от росы на лужайке. "Полагаю, Эриел как-то связана с тем, что ты там оказался?"

"Утвердительно".

Сэм закончил стрижку и отпустил племянника, после чего помог ему сесть в инвалидное кресло.

"Спасибо, дядя Сэм".

"Не за что. А теперь объясни, пожалуйста?"

"Я слишком устал. И я слишком раздражен, чтобы объяснять. Давай, пожалуйста, сделаем это утром?"

Солнце наливалось красным цветом, прокладывая себе путь к горизонту.

Через несколько часов И-Зи должен был проведать своих друзей. Он надеялся, что с ними все будет в порядке. Вернулись к нормальной жизни. Тогда ему не пришлось бы больше ни на минуту задумываться об этом. А если нет... если нет. Что ж, в любом случае все будет лучше, когда он немного поспит.

"Я могу ему все объяснить", - предложил Альфред.

"Что ты знаешь об этом? Мне пришлось накричать на тебя, чтобы привлечь твое внимание".

"О, я все видел. Как ты думаешь, что я здесь делал? Я ждал, когда ты попросишь о помощи. Не хотел прерывать твое эриэлевское время".

"Прерывать. Очень смешно. Ладно, введи его в курс дела. А я пошел ловить зззз. Я слишком устал, чтобы думать дальше". Он вкатил себя по пандусу в дом и, полностью одетый, упал в кровать.

E-Z снилось, что это был его седьмой день рождения. Его родители арендовали крытый парк виртуальных игр. Всего он пригласил двенадцать детей, так что их было тринадцать, и в одной команде должен был быть дополнительный игрок. Поскольку это был его день, они назвали команды, и последний выбранный человек перешел в его команду. Они назвали себя "Ball Breakers". Другая команда, которую возглавлял Кайл Маршалл, назвала себя "Бэт-шитц".

"Ты не можешь использовать это название", - укоряла команда E-Z. "Это практически ругательство".

"А, подумай еще раз", - сказал Маршалл. "Написание - Шитц. Мы названы в честь моей собаки. Она Шитц-ху".

"Давайте поиграем", - сказал E-Z.

ПиДжей и Арден были в команде E-Z. Команда "Трио торнадо" надирала задницы команде "Бэт-Шитц", пока все они не устали двигаться.

"Еда подана", - позвала мама E-Зи. Родители ждали в соседнем ресторане. Они заказали множество пицц, ведра прохладительных напитков и, в конце концов, торт, усыпанный свечами.

Дети вместе покинули игровую зону. Вскоре Арден понял, что забыл свою бейсболку.

"Я не могу её оставить! Я должен вернуться!"

"Мы пойдем с тобой", - сказал И-Зи. "Дай мне секунду, чтобы сказать маме".

"Я дам ей знать", - отозвался Кайл, который был неподалеку.

E-Z, ПиДжей и Арден пошли в обратном направлении. Не найдя кепку, они продолжили идти.

"Она должна быть где-то здесь!" сказал Арден.

"Я точно не думал, что она так далеко", - сказал E-Z.

"Эти стервятники съедят всю пиццу, прежде чем мы вернемся", - сказал Пи-Джей.

"Не волнуйся, миссис Диккенс припасет для нас немного еды. Она знает, что мы ненадолго".

Коридор расширился и превратился в другое здание, другое место. Перед ними стояла гигантская гильотина. Вверху, над лезвием, находилась кепка Ардена. На самом лезвии был знак. С нее все еще капала красная краска или кровь. На ней было написано: "Голова отправляется сюда".

"Нам снится сон?" спросил Арден. "Потому что мне действительно не так уж и нужна моя бейсболка".

"Слушай. Голоса, - сказал E-Z.

Шепот, очень тихий, но шепот. Сначала это была одинокая женщина. Потом к ней присоединилась другая, чтобы получился дуэт. Потом еще одна - для трио. Шепот превратился в песнопение.

"Я не могу разобрать ни одного слова", - сказал ПиДжей.

"Шшшш", - сказал E-Z, прижав палец к губам.

В этот момент голоса запели,

"B-link and you're dead.

B-link and you're dead.

B-link and you're dead, B-link and you're dead" под мелодию песни Happy Birthday to you.

"Это жутко!" сказал ПиДжей.

"Пошли обратно", - сказал Арден, когда дверь, через которую они вошли, захлопнулась, и по коридору эхом разнеслись шаги.

Шаги становились все громче.

КЛАНК. КЛАНК. КЛАНК.

Цепной металл. Приближается. Ноги в сапогах. Один солдат. Очень высокая фигура в капюшоне. Несет что-то серебряное: точилку для ножей.

Дойдя до подножия гильотины, фигура в капюшоне достала из кармана перо. Он приложил его к лезвию. Оно прорезало его, как масло. Тем не менее он продолжил точить его дальше. Пока он точил лезвие, он напевал себе под нос, словно наслаждался своей работой.

"Как будто лезвие гильотины недостаточно острое!" прошептал ПиДжей. "Вытащите меня отсюда!"

Арден подбежал к двери и начал колотить по ней молотком. "И-Зи, ты должен вытащить нас отсюда! Ты должен нам помочь! Пожалуйста, помоги нам!"

ЗАГРУЗКА СООБЩЕНИЯ.

На экране появились лица ПиДжея и Ардена. Они произнесли два слова:

"WARN THEM".

E-Z проснулся и услышал, как дядя Сэм хлопает кулаками по двери его спальни. "Вставай, E-Z, мы не можем найти Лию!".

Теперь, когда он проснулся, он понял, что она выходила на связь, пытаясь связаться с ним. Чтобы сообщить ему новости. Он проверил свой телефон. Сообщение с обновлением.

"Все в порядке, - сказал E-Z, - она с ПиДжеем. Скажи Саманте, что с ней все в порядке. Мне нужно скоро навестить их с Арденом. Где Альфред?"

"Он в саду", - сказал Сэм. "Хочешь позавтракать перед уходом?"

"Сэндвич с сыром на гриле был бы как нельзя кстати. Спасибо".

Пока И-Зи одевался, он думал о своем сне. Парни разговаривали с ним, благодаря общему событию, которое они разделили, когда им было по семь лет. Он должен был понять, к чему все это. Предупредить их? Кого именно? Это была определенная подсказка, но кого именно они хотели, чтобы он предупредил?

Да, он был абсолютно уверен, что они пытаются ему что-то сказать, но что именно? У него снова закралось подозрение, что все это как-то связано с Эриель.

Сначала он отправился в дом Ардена, и бедняга, как и прежде, лежал в своей постели, похожий на зомби. Доктор был рядом с ним, когда И-Зи и Альфред зашли внутрь.

"Какой диагноз?" спросил E-Z.

"Во-первых, уберите отсюда эту птицу!" - воскликнул доктор.

Альфред загудел в знак протеста, а затем поплелся прочь. На улице он поклевал немного травы и почистил свои перья.

Доктор посмотрел на мистера и миссис Лестер: "Как много вы хотите, чтобы этот ребенок знал?".

"Это E-Z, он один из лучших друзей Ардена".

"Я знаю, кто он такой, я видел его по телевизору, когда он спасал людей".

E-Z не знал, что ответить, поэтому ничего не сказал, но ему не понравилось отношение этого доктора.

"Арден находится в коме".

"Да, я так и думал. О, так когда же он выйдет из нее? Доктор Флэннел из дома Хэндла - там ПиДжей находится в таком же состоянии - сказал, что он скоро вернется к нормальной жизни".

"Этого я не знаю. Его тело защищает его от чего-то, поэтому он очнется, когда будет достаточно здоров для этого. А пока я бы посоветовал, чтобы кто-то был с ним двадцать четыре семь". Затем к Лестерам: "Наверное, будет лучше, если вы оба потрудитесь нанять сиделку. Я могу порекомендовать кого-нибудь. Если вы сможете работать из дома, это будет лучше всего. Я свяжусь с вами через пару дней".

"Через пару дней", - повторил мистер Лестер.

Миссис Лестер вывела доктора из дома.

E-Z последовал за ней. "Если я могу помочь, подежурить рядом с ним, не стесняйся, спрашивай. Сейчас я иду к ПиДжею. Лия уже там, и она написала, что он такой же".

"Держи нас в курсе и передай привет семье ПиДжея".

"Обязательно", - сказал E-Z, когда они с Альфредом воссоединились. Оба оторвались от земли и полетели к дому ПиДжея.

Когда они летели бок о бок, Альфред сказал: "Мне не понравился этот доктор. Когда человек недоброжелательно относится к животным... я ему не доверяю".

"Я тебя понимаю, но он всего лишь выполнял свою работу".

"Мы, лебеди, не вызывали никакой чумы или... неважно. Я забыл про птичий грипп - но он случился из-за людей".

Они приземлились у дома ПиДжея, где Лия ждала их с открытой дверью.

"Как дела у вас двоих?" - спросила она.

"Отлично", - ответил Альфред.

"А, он немного взъерошен, так как врач Арден выгнал его из палаты, но я в порядке, спасибо. А ты?"

"Я в порядке, но родители ПиДжея сходят с ума, и нет никаких признаков выздоровления".

"Они перезвонили доктору?" спросил Альфред.

"Нет. Он дал им надежду, но больше ничего, в основном, что он выкарабкается. Но я беспокоюсь, что он ошибается". Она сделала паузу, слегка покраснев.

"О, еще одна вещь, когда я держала его за руку". Она бросила взгляд на них двоих. "Он, ну я не уверена, привиделось ли мне это, или он действительно это сделал - но мне показалось, что он сжал ее".

"Э-э, спасибо, что остались с ним. Мы должны посменно дежурить с его родителями, чтобы никто не уставал слишком сильно. Сейчас ты можешь пойти домой и провести некоторое время с мамой. Она наверняка интересуется тобой". Он ни за что не собирался упоминать о держании за руку.

"Тогда я уйду, когда ты это сделаешь", - сказала Лия, пока они пробирались к комнате ПиДжея.

Альфред, Лия и E-Z теперь были наедине с ПиДжеем.

"Прошлой ночью мне приснился странный сон. ПиДжей, Арден и я были на моем седьмом дне рождения - но все происходило не так, как тогда. Они пытались общаться со мной через событие, которое мы разделили, но я не уверен, что они хотели сказать".

"Расскажи нам сон", - сказал Альфред. "И ничего не упускай".

"Да, расскажи нам, и мы посмотрим, сможем ли мы помочь тебе его истолковать".

"Ну, все началось нормально. Все было, как в тот день, пока Арден не забыл свою бейсбольную кепку, и мы, мы трое, вернулись за ней".

"Значит, он не потерял бейсболку на настоящей вечеринке?"

"Нет, не потерял. На самом деле он был настолько одержим этой кепкой, что мы часто дразнили его, что она приклеилась к его голове. Так что это была важная часть сна. И вот мы шли обратно в игровую зону, и коридор, казалось, продолжался гораздо дольше, чем когда мы его покидали.

Мы шли очень долго. Болтали, как обычно. Мы не сразу это поняли, но шли уже довольно долго. Арден подумывал оставить кепку там, где она была, потому что добираться туда было так долго, но мы решили забрать ее. Он сказал, что кепка имеет для него сентиментальную ценность".

"Интересно", - сказала Лия. "А ты знаешь, почему он так любил кепку?"

"Он постоянно носил ее, потому что ему нравилась команда. Я никогда не знал, что в реальной жизни существует какая-то сентиментальная привязанность, кроме как к самой команде. А во сне, в тот момент, нет, пока он не сказал об этом". Итак, затем коридор расширился в размерах, и мы оказались в большой просторной комнате, похожей на зрительный зал. В центре комнаты стояла гигантская гильотина".

"Что! Как странно!" сказал Альфред.

"Это даже страшно", - сказала Лия.

"Это еще не все. Вверху, над лезвием, висела шапка Ардена, а под ней табличка, которая гласила: Голова идет сюда".

Лия и Альфред задохнулись.

"Арден сказал, что ему больше не нравится эта шапка. И тут наступила темнота, и мы услышали тяжелые шаги, приближающиеся к нам. Сапоги. Щелканье цепей или доспехов. Затем свет снова зажегся, когда вошел парень с накинутым на голову капюшоном. Он подошел к гильотине и наточил ножи, один за другим".

"И что потом?" спросил Альфред.

"Потом выскочил экран компьютера с надписью LOADING, и на нем появилось изображение этих двоих. Они произнесли два слова:

"WARN THEM"".

"И что потом?" снова спросил Альфред.

"Потом дядя Сэм разбудил меня и спросил, не знаю ли я, где Лия".

"Это не так уж и много, - сказала Лия, - Он любил эту кепку? И кого следует предупредить?"

"Любимой командой Ардена была и остается "Бостон Ред Сокс". Кепка была для него подарком - подлинным - он никогда бы не расстался с ней, что бы ни случилось. И все же он подумывал оставить ее во сне как минимум дважды".

"Но он не был настолько увлечен, чтобы сунуть голову в гильотину, чтобы получить ее", - сказал Альфред.

"А кто бы захотел!" спросила Лия.

"Жаль, что мы не можем воспользоваться компьютером Ардена. Наверняка там есть подсказка. Наверняка у него есть файл, что-то спрятанное, что я мог бы найти. Может быть, именно об этом был сон. И почему он дал мне подсказку".

Лия проверила в интернете значение сна с гильотиной в своем телефоне. "Там сказано, что она символизирует страх или беспокойство. Быть выделенным или смущенным из-за чего-то".

"Кажется, у меня есть идея", - сказал E-Z, прокручивая список контактов в своем телефоне.

"Подожди минутку", - сказал Альфред, - "позвони Сэму".

"Ты прав, может, мне стоит сначала обсудить это с ним". Он быстро набрал номер Сэма и объяснил ситуацию. Сэм сказал, что сейчас подъедет к Ардену, и они должны встретиться там.

"Здесь все в порядке?" спросила мама ПиДжея. "Хочешь выпить или что-нибудь еще?"

"Нет, спасибо, но дядя Сэм едет к Ардену, и мы встретимся с ним там. Мы заглянем в компьютер Ардена и узнаем, чем он занимался в последний раз. Жаль, что компьютер ПиДжея не работает".

"Это умная идея. Мы слышали, что родители Ардена тоже вызывали врача, он помог?".

"Нет, не помог".

"Мы будем держать тебя в курсе, если что-нибудь узнаем", - сказала Лия, ощупывая лоб ПиДжея.

"Ты хорошая девочка", - сказала мать ПиДжея. Затем она вышла из комнаты, борясь со слезами.

Когда они подъехали к дому Ардена, Сэм уже ждал их на улице. У него был ноутбук, сумка, полная компьютерных инструментов, и еще какие-то мелочи.

Вместе они зашли внутрь, где Сэм поставил рядом свой компьютер, ноутбук, подключил его к сети на другом конце комнаты, а затем посмотрел на то, как устроен Арден. Он был подключен прямо к розетке. Без всякой защитной шины на случай непредвиденных скачков напряжения. Хорошо, что он всегда носил его с собой в сумке.

Закрепив защитную шину, он подключил к ней компьютер Ардена. Они подождали - и ничего не произошло. Приняв это за добрый знак, он включил питание, и компьютер Ардена ожил. Требовалось ввести пароль. Пароль, который никто из них не знал.

"Есть догадки?" спросил Сэм.

E-Z набрал "Boston Red Sox". Он попробовал второе имя Ардена, которое оказалось Дэниелом. Ничего хорошего.

"Попробуй гильотину", - предложил Альфред.

"Бинго!" сказал E-Z, теперь ему оставалось только поискать в истории.

"Позволь мне", - сказал Сэм, заходя в настройки и ища что-нибудь необычное. Ничего необычного не было.

"Что он делал в последний раз? Играл ли он в какую-нибудь игру?" спросил E-Z.

Пока Сэм щелкал мышкой, чтобы выяснить это, сетевой блок без напряжения загорелся. Дядя Сэм побежал тушить огонь, но к тому времени, как он вернулся, E-Z уже задушил его одеялом. "Хорошая мысль", - сказал он.

"Надеюсь, мама Ардена тоже так думает!"

"Хватай жесткий диск!" сказал Сэм, что он и сделал, пока тот не поджарился. "Теперь мы возьмем это с собой и посмотрим, что мы сможем увидеть".

ГЛАВА 7
ДИСКУССИЯ

П ока они добирались до дома, E-Z все еще думал о сообщении "Предупреди их". Могло ли это быть не просто сном?

"Интересно", - сказал он.

"О чем?" спросил Сэм.

E-Z объяснил про свой сон и сообщение, а затем добавил свою новую идею, чтобы узнать, что они думают об этом.

"ПиДжей и Арден настраивают сайт так, чтобы в будущем мы могли делать подкасты. Я размышляю, стоит ли мне этим воспользоваться, как только мы выясним, кого предупредить. Мы точно сможем охватить много людей".

"Это блестящая идея!" сказал Сэм, - "Но разве мы не должны сейчас нарабатывать себе аудиторию? Чтобы потом, когда мы будем готовы передать предупреждение, у нас уже было несколько подписчиков?"

"А что бы я сказал?"

"Давай подумаем над этим", - сказала Лия. "И мы будем рядом с тобой".

"Я не против того, чтобы немного поговорить".

Прибыв к дому, они зашли внутрь.

ГЛАВА 8
БРЭНДИ ЖИВЕТ

К огда она впервые увидела его, оказалось, что их объединяет музыка. Она играла на пианино, лучше среднего, но не исключительно хорошо. Ее учитель музыки говорил, что у нее есть природные способности - что бы это ни значило. Но она могла играть только те песни, которые что-то значили для нее. Тогда она запоминала их и могла сразу же сыграть. Однако принуждение играть то, что ей не нравилось, заставило ее возненавидеть уроки.

Но она упорно продолжала заниматься. Заставляла себя, даже когда ненавидела. Надеясь, что ей удастся обманом попасть в школьный оркестр.

Ее родители хотели чем-то похвастаться за все те уроки, за которые они платили. Они настояли, чтобы она попробовала себя в оркестре - чтобы больше участвовать в школьных мероприятиях.

"Это будет хорошо смотреться в твоем заявлении в колледж", - говорил ее отец.

"Старайся изо всех сил, это все, о чем мы просим. Выкладывайся на полную!" - сказала ее мать.

Однако в этом году на прослушивание в старшую школу пришли талантливые ребята. Одаренный мужчина-барабанщик уже выступал на сцене, когда она вошла в аудиторию.

С потными ладонями и колотящимся сердцем она двинулась вдоль строя. Вереница учеников и учителей хлопала и постукивала пальцами ног. Она чувствовала, как пол пульсирует с каждым ударом.

Словно робот, она продолжала идти по краю аудитории, пока не оказалась так близко к сцене, как только могла.

Теперь она выскочила за дверь и отправилась за кулисы. Встала вместе с другими артистами на палубе и аплодировала так, будто всегда была там.

Это был блестящий план. Все были так увлечены его прослушиванием, что даже не заметили, как она вклинилась в очередь.

"Кто он?" - прошептала она девушке, стоявшей перед ней в очереди.

"Ш-ш-ш!" - ответили другие ожидающие исполнители.

Он барабанил дальше, одетый в джинсовую одежду, его светлые волосы колыхались и подпрыгивали. Затем он наклонился ближе к микрофону, и его глубокий мелодичный голос присоединился к ритму.

Она придвинулась чуть ближе и, придвинувшись, заметила зуд, которого раньше не было. На ладонях, руках, ногах. Она почесалась и не нашла облегчения. Более того, становилось все хуже, и вскоре ей стало казаться, что ее кожа горит. Затем ее дыхание ухудшилось, а сердцебиение замедлилось.

"Успокой себя", - шептала она вслух и мысленно.

Это было последнее, что она помнила перед тем, как очнулась в движущемся транспорте.

ГЛАВА 9
О БРЭНДИ

А втомобиль мчался на скорости по шоссе. Она находилась на заднем сиденье. В чьей машине она находилась? Она не узнала этот автомобиль.

Она попыталась сесть; голова болела - как будто по ней промчался поезд. Она на секунду закрыла глаза и прислушалась, пытаясь понять, как она сюда попала. Сама машина пахла забавно - и новой, и старой одновременно.

ПФФТ.

Из вентиляционного отверстия выделялся запах, от которого у нее свело живот, и ее вырвало.

"Эй, следи за салоном", - сказал мужской голос. "Это кожа, настоящая вещь". У него зазвонил телефон, и он заговорил в него через микрофон в козырьке. "Да, мы скоро будем", - сказал он. Он отключился, а затем включил радио.

Ее руки были связаны, но не за спиной, как она видела в фильмах, а перед ней, прямо над пристегнутым ремнем безопасности. "Я хочу домой!"

"Скоро", - ответил мужской голос над припевом мелодии Дрейка.

Проехав, как ей показалось, минут тридцать или около того, он заехал на заправку. Он запер ее внутри, затем захлопнул за собой дверь и оставил ее, не сказав ни слова.

Она смотрела в окно, изо всех сил стараясь, чтобы ее снова не стошнило. Ее похититель или похитительница, как бы то ни было, зашел внутрь. Она надеялась, что он не был похитителем, планирующим потребовать выкуп. У ее родителей не было денег, чтобы заплатить за ее возвращение. Она сосредоточилась на моменте, заметив, что у дверей нет ручек, а кнопки, чтобы открыть окно, не работают.

На другой стороне машины, качающей бензин, она увидела парня.

"HELP!" - закричала она, отдавая ему все, что у нее было. Зная, что это может быть ее единственной возможностью.

Когда он не откликнулся, она колотила связанными судорогами по закрытым окнам. Здесь, в этом аквариуме, было трудно издать какие-либо звуки. Она оглянулась: ее похититель возвращался к машине, неся с собой банку пива и два шоколадных батончика. Когда он сел за руль, то бросил ей шоколадку через плечо. Она не смогла его поймать, она ненавидела этот сорт, не говоря уже о том, что ее недавно тошнило.

"Я хочу пить", - сказала она.

"Что ты хочешь?" - спросил он, затем зашел внутрь и почти сразу же вышел оттуда с бутылкой воды.

Он открутил крышку и сунул ей в руки. Несмотря на то что они были связаны, после нескольких попыток ей удалось влить немного воды в рот. Спереди с ее футболки капала вода. Она не возражала, это смывало часть барфюрерного запаха.

"Спасибо", - сказала она.

Мгновением позже они снова оказались на шоссе. Он прибавил скорость, перешел на быструю полосу, и ее ремень безопасности оказался непристегнутым. Она кувыркалась на заднем сиденье машины, как кубик, брошенный без направления.

"Прекрати, сумасшедшая!" - сказал мужчина, пока она пыталась вновь пристегнуть ремень безопасности со связанными руками.

Шины взвизгнули, когда водитель безрассудно сменил полосу движения. Другие водители били по тормозам, чтобы не пропустить его. Затем он направился к съезду с трассы. Хлопнул по тормозам, остановился. Выбрался с переднего сиденья, открыл заднюю дверь.

Она была готова, направив ноги в его сторону, и со всей силы нанесла ему один мощный удар двумя ногами. Он упал на землю, а она уже выскочила из машины и бешено бежала, когда в нее врезалась машина, потом еще одна, потом еще.

Он снова сел в машину и рванул с места.

"Глупая девчонка!" - воскликнул он.

ГЛАВА 10
БРЕНДИ ПОМНИТ

"Э то случилось снова, не так ли?" - спросила ее мать, помогая Бренди выбраться из тележки с продуктами. "Что случилось на этот раз?"

"Прости, мам", - сказал подросток, наклоняясь, чтобы завязать шнурок на ботинке. Ее руки чувствовали себя так хорошо теперь, когда они больше не были связаны.

Ее мать наклонилась и прошептала: "Это было так же, как и в другие разы? Ты не падала в обморок?"

Она встала и посмотрела в сторону двери.

"Расскажи мне", - сказала мать, придвигая дочь к себе, чтобы они были рядом и никто больше не мог услышать. Кроме того, в их проходе больше никого не было.

"Я была в школе, на прослушивании. Один мальчик играл соло на барабанах и пел. Он был просто великолепен".

"И мечтательный, я полагаю?" - спросила ее мама.

Она почувствовала, что ее щеки стали горячими. "Мое сердце ускорилось, заколотилось, ладони вспотели, и я почувствовал себя смешно. Следующее, что я поняла, - это то, что я была связана на заднем сиденье движущегося автомобиля!"

"Связанной? В машине? В чьей машине? Кто был за рулем? Куда ты ехал?"

"Я не узнал ни машину, ни водителя. Он с кем-то разговаривал, используя один из этих микрофонов hands-free. Он был нормальным водителем, пока не выехал на шоссе. Потом он поехал как маньяк, и я притворился, что ремень безопасности расстегнулся. Когда он съехал с дороги и остановился, я пнул его так сильно, что он упал, а я скрылся".

"Слава богу, тебе удалось сбежать. Кто-нибудь остановился, чтобы помочь тебе? Надеюсь, у тебя есть их номер, чтобы я мог позвонить и поблагодарить их".

Бренди молчала, потому что вспоминала машины - одну, вторую, третью, как они сбили ее, и она умерла. Снова. И снова оказалась в продуктовом магазине со своей матерью.

"Поговори со мной", - сказала мать Бренди.

"Я умерла - снова, - сказала Бренди, - и оказалась здесь. Снова".

Она села на пол, вернее, ее колени ослабли, и она опустилась на колени. Ее мать последовала за ней, как домино.

Они сидели вместе, держась за руки и не разговаривая.

ГЛАВА 11

БРЕНДИ В ТЕ ВРЕМЕНА...

"Поторопись, Бренди!" - вот что сказала ее мать в последний раз. В последний раз, когда ее единственная дочь умерла - и воскресла.

Когда большинству родителей приходилось идти в продуктовый магазин с детьми на буксире - они не могли выйти оттуда достаточно быстро.

Бренди была не из тех детей. Она предпочитала магазины паркам, спорту - почти всем видам деятельности. Взять ее за покупками было единственным способом вытащить ее из дома.

Это была не совсем вина Бренди. Она родилась с редким пороком сердца. Говорили, что она из него вырастет. Так что бегать и играть с другими детьми ей было не по силам.

В результате она полюбила торговый центр, но больше всего она любила продуктовый магазин. И в продуктовых проходах всегда было довольно спокойно. За исключением одного раза, когда там раздавали бесплатные DVD-диски. Бренди так разволновалась, что не могла дышать, и ее пришлось срочно везти в больницу.

Тогда ей было три года.

ГЛАВА 12
БРЭНДИ СЕЙЧАС...

Теперь, когда ее дочери было четырнадцать, казалось, что это происходит все реже и реже. И все же она задавалась вопросом, что будет, когда она станет слишком большой, чтобы поместиться в тележку для продуктов.

"Почему именно здесь, как ты думаешь?" спросила мать Бренди, - "Почему всегда только ты и я, и только здесь?".

"Я не знаю, мама, но я знаю одно. Я хочу ходить по магазинам. Я хочу купить еды и напитков, и я ухожу. Оставайся здесь, если хочешь, я вернусь через минуту. Вот, поиграй в пасьянс на своем телефоне. Это успокоит твои нервы, а шопинг - мои".

Женщина сидела на полу, наблюдая за тем, как подъезжают и отъезжают тележки, сосредоточив все свое внимание на игре в пасьянс. Ее дочь так хорошо ее знала. И все же она старалась не думать о том, как много - нет, как мало - сказать мужу. Она не сказала ему ни в прошлый раз, когда умерла ее дочь, ни в позапрошлый, ни в позапозапрошлый. Она только сказала ему, что они ходили по магазинам и это был стресс.

"Я готова", - сказала Бренди в тот раз, когда она была маленькой девочкой с руками, полными хлопьев и пирожных.

Тогда они направились к линии самообслуживания на кассе.

"Дай мне это сделать, мам!"

так всегда говорила Бренди. Ей нравилось смотреть, как человек на кассе сканирует каждый предмет. И бог им в помощь, если сканирование было неправильным.

Брэнди и ее мать, закончив на сегодня все дела, вернулись к машине. Бренди села спереди и пристегнулась. Они поехали, лишь ненадолго остановившись у проходной, чтобы купить два горячих помадных мороженых.

"Сегодня мы получили несколько действительно отличных сделок", - сказала Бренди тогда и повторила это сейчас.

"Я знаю, что ты любишь, но мне все же хотелось бы побольше узнать о твоем сегодняшнем инциденте. Ты можешь вспомнить что-нибудь еще о том, что произошло? Ты, наверное, был в ужасе, оказавшись один в машине с незнакомцем? Я не понимаю, как такое происходит. Этот случай чем-то отличался от других? Ты сказал, что в одну минуту ты был на прослушивании школьного оркестра, а в следующую оказался в машине?"

"Да, я ждал своей очереди на выступление вместе с другими учениками. Мы все слушали мальчика на барабанах. Он был невероятен, пел и играл. Я уже приблизился к началу очереди, как вдруг, ЗАП, меня не стало".

"Ох, не нравится мне звук этого ZAP".

"Вот так это и произошло, мама. Сначала у меня чесались руки, потом ноги, руки".

"Ты не рассказывал мне о зуде раньше?"

"Бывает. Обычно я успокаиваю себя. В этот раз ничего не помогло, и, ну, ты знаешь, слово на букву "З"".

"Я должен спросить, но как ты думаешь, может, это произошло потому, что ты хотел избежать прослушивания? Я имею в виду прослушивание себя. Это не то, к чему ты стремилась".

Бренди побарабанила пальцами по ручке двери. "Я бы не стала прыгать в машину к незнакомцу, чтобы избежать прослушивания", - сказала она.

"Хорошо, дорогая", - сказала ее мать, разрыдавшись. Она сказала что-то не то - снова. Она всегда говорила неправильные вещи, когда речь заходила о... как бы это назвать? Путешествия ее дочери.

"Все в порядке, мам".

Некоторое время они ехали молча. Это была комфортная тишина.

"Я хочу знать, как тебе помочь", - сказала мать Бренди. "Чтобы в следующий раз..."

"Я знаю, что ты хочешь, мама, но тебя нет рядом, когда это происходит. Я должна уметь справляться с этим сама".

"Есть ли какая-то одна вещь, которая всегда происходит - перед тем как ты исчезаешь?"

"Хотела бы я вспомнить, мам, но, как и в прошлый раз, не могу". Она посмотрела в окно, затем скрестила руки.

"Ну, когда мы будем дома, ты можешь потренироваться на практике. Тогда ты будешь еще лучше подготовлен к завтрашнему прослушиванию".

"Это было прослушивание только на один день. Так что в этом году у меня нет шансов. Кроме того, папе не нравится, когда я репетирую, особенно когда он работает дома. Он говорит, что у него от этого болит голова".

"Папа не имеет это в виду", - сказала она. "Я поговорю с ним. В конце концов, ты же хочешь играть на пианино, как работу, да? Я имею в виду, когда-нибудь, после окончания школы. И я позвоню твоему учителю - попрошу сделать исключение из правил".

"Хотела бы я услышать, как прошел этот разговор!" - рассмеялась она. "Здравствуйте, мистер Хоппер, я мама Бренди, и моя дочь... ну, она попала в скоростную машину с незнакомцем, а потом умерла. Так что не могла бы она завтра пройти у вас прослушивание?"

"Это жестоко", - сказала ее мать. "Неужели ты передумала, что хочешь сделать карьеру в музыке? Конечно, для студентов постоянно делают исключения?"

"Может, и делают, но меня это не беспокоит. Что я это пропустил. Всегда есть следующее ухо. Кроме того, я хотел бы стать шоппером, думаю, именно поэтому я всегда возвращаюсь то в продуктовый магазин, то в магазин одежды. Помнишь тот случай?"

Ее мать кивнула.

"После шоппера - пианист, потом учитель", - сказал подросток, расцепляя руки и грызя ногти.

Мать взглянула на нее: "Не надо, дорогая. Грызть ногти - это так негигиенично". Бренди села на руки. "В таком порядке?" - спросила ее мать, смеясь.

"Может, в обратном", - пискнула Бренди, когда они въехали на подъездную дорожку. "Папы еще нет дома".

Не отвечая дочери, она воспользовалась автоматическим открывателем двери гаража. Да, ее муж снова опаздывал. Каждый вечер он возвращался домой все позже и позже. Он говорил, что работа задерживает его, заставляет работать без оплаты сверхурочных. Она ненавидела, когда он никогда не приходил домой, чтобы увидеть Брэнди перед сном. По крайней мере, у них был готовый перекус. Она готовила для нее ужин и устраивала ее в своей комнате. Таким образом, они с мужем могли бы поужинать вместе. Это был бы прекрасный вечер, только они вдвоем.

"Бери сумки", - сказала она.

"Хорошо, мам", - ответила Бренди, когда они зашли в дом.

ГЛАВА 13
АВСТРАЛИЙСКАЯ ГЛУБИНКА

Мальчик из глубинки, расположенной на севере Австралии, жил в коробке. Ему было двенадцать лет, когда его нашли. Его тело было деформировано, так как он сидел с выгнутой дугой спиной и поднятыми коленями - как в коробке. Даже когда его вскрыли и выпустили наружу.

Он не мог говорить или не хотел говорить. Пока снова не начал доверять. Тогда он вытягивался, и его тело расслаблялось.

Он предпочитал тихие голоса, голоса-шепоты. Громкие вещи, громкие звуки любого рода пугали его. Он трясся и замыкался в себе. Он искал и кричал: "Коробка!".

Они держали его там, в углу. Пока люди в Сиднее не сказали, что он никогда не поправится, если его не уничтожить.

Он помог им сделать это кувалдой, почти такой же большой, как он сам. Когда оно разлетелось на мелкие кусочки, его глаза закатились обратно в голову, и он исчез. Прочь. Где-то в его сознании. Недосягаемый.

Никто не знал, кто он такой. Или кому он принадлежал. Что за родители, которые заперли бы своего ребенка в коробке, как животное?

Тем не менее, его не морили голодом. Во всяком случае, не из-за еды. И он не был обезвожен.

А это означало, что поблизости кто-то есть. Они ждали, рейнджеры, офицеры, что те вернутся - но те не вернулись. Значит, они должны были знать, что коробка в ящике закончилась.

Команда психологов установила в доме камеры, чтобы они могли наблюдать за мальчиком дистанционно из Сиднея.

Другие люди со всего мира хотели "подключиться" к наблюдению за мальчиком. Некоторые писали диссертации о жестоком обращении с детьми, о безнадзорности. Они боролись за то, чтобы занять первое место в списке.

Мальчик раскачивался взад-вперед, не произнося ни слова. "Коробка!" было его единственным усилием. Но он знал, что происходит. Он слышал, как они шепчутся. Миллионеры, которые хотели усыновить его. Он никуда не собирался уезжать. Он оставался на месте. Это был его дом.

Мальчик, который никогда раньше не спал в кровати - а если и спал, то не помнил, - не хотел спать в ней сейчас. Вместо этого он свернулся в клубок и спал в углу на полу. Ему пригодились подушка и одеяло, которые ему оставили. Эти предметы роскоши остались нетронутыми.

Пока они решали, что с ним делать, была назначена Сестра. В Австралии сестер также называют медсестрами. В некоторых случаях Сестра - это еще и монахиня. Также Сестра, которая является Медсестрой, может быть братом. Если указанная Сестра/Медсестра была мужчиной.

Сестра/медсестра мальчика была доброй женщиной, которая всегда носила волосы в пучке. Она носила белую униформу с соответствующими туфлями, которые скрипели при каждом ее шаге.

Когда она в первый раз попыталась набросить на него одеяло, он закричал так, словно на него напала разъяренная туча.

"Вот так, вот так", - сказала сестра. Она задрожала, затем подняла одеяло. Она набросила его себе на плечи, и мальчик задыхался.

"Оно мягкое", - сказала она.

Она прижалась к нему. Понюхала его.

"Оно очень мягкое и теплое", - ворковала она.

Мальчик протянул руку и коснулся края одеяла. Он погладил его, как будто оно все еще было на овце, где появилось.

"Тебе бы понравилось?" спросила сестра.

Два дня он отказывался, а потом позволил ей накинуть его на плечи. После этого он спал с ним, словно это было живое существо. Прижимал его к себе, как младенца, шептал ему. В конце концов он утешился и не позволил сестре взять его или постирать.

На четвертое утро свободы мальчика на лужайке перед домом стали собираться животные. Сначала появилась самка кенгуру. Она запрыгнула на нижнюю ступеньку крыльца, затем села на корточки и стала наблюдать за дверью. Следом прилетела эму и сделала то же самое. Затем прилетели сорока, какаду и галка. Птицы пели по очереди, и их голоса, казалось, звали мальчика выйти за дверь. Раньше он не был склонен открывать дверь или выходить из нее. Однако, увидев животных и птиц, он, не раздумывая, вышел им навстречу.

Сестра наблюдала за ним из-за ширмы входной двери. Она не любила ни собак, ни кошек, ни птиц - по сути, они пугали ее, - но эти дикие животные приводили ее в ужас. Если понадобится, она отважится выйти. Она надеялась, что скоро они пришлют кого-нибудь ей на помощь.

Мальчик стоял на крыльце и вдыхал воздух. Он раскрыл руки пошире, пошире, а затем наполнил свои легкие воздухом снаружи. Он жадно вдыхал его.

Сестра, которой хотелось, чтобы он был ее собственным сыном, наблюдала за тем, как расширяется его грудная клетка в маленьком каркасе.

Затем это произошло.

Мальчик начал подниматься, словно воздушный шар, отправляющийся в полет, только он не был воздушным шаром и не был на ниточке - он был маленьким мальчиком.

Сестра выбежала на улицу. Она любила его - а он уходил. За ее спиной грохнула дверь.

"Подожди!" - закричала она, протягивая к нему цепкие пальцы.

Мальчик ускользал. Его маленькие ножки поднимались. Они уносили его все дальше и дальше. Три птицы несли его все дальше и дальше.

Она хваталась, но он был слишком далеко. И вот она наблюдала, как мать-кенгуру подняла глаза.

И мальчик опустился вниз, на плечи матери. Она села на него, обхватив его руками за шею, и поскакала прочь. Рядом с ними не отставал эму.

Сестра, не зная, что еще делать, побежала в дом за ключами от машины. Она завела мотор и последовала за мальчиком, пока не перестала его видеть.

Мальчика, который когда-то жил в коробке, забрали из мира людей. Он отправился в мир, где животные заботились о себе. И этот ребенок был одним из них. Он был членом семьи.

И мальчик пел песни, причем голосами, которые он знал из глубины души. И он громко смеялся и был счастлив, когда его уносили в то место в его сердце. Туда, где он был тем, кем всегда должен был быть.

ГЛАВА 14
ОДИНОКИЙ МАЛЬЧИК...

В запретном лесу Японии раздался детский крик. Птицы собрались, присоединились к песне, усиливая просьбу одинокого мальчика о помощи. Прилетела сова Скопс, спугнув остальных птиц. Она сидела неподалеку, охраняя и ожидая.

Зазвучала автомобильная сигнализация. Ее вой заглушил крики ребенка. Он находился в детском кресле. В том, которое раньше стояло на заднем сиденье автомобиля.

"Клик, клик", - и автомобильная сигнализация остановилась, достаточно надолго, чтобы водитель услышал слабые крики ребенка. Они с мужем бросились в лес, где и нашли ребенка, испуганного и совершенно одинокого. Вместе они утешили его.

Несколько восковых крыльев остались, наблюдая. Оценивая ситуацию. Они шелестели перьями и щебетали. Словно сообщали о спасении ребенка в прямом эфире.

Женщина отстегнула ребенка. Она держала его рядом и задавала вопросы, на которые он был слишком мал, чтобы ответить. Вопросы вроде: "Где твоя Хаха, Ко? Где твой Отосан?" (Переводится: Где твоя мать, дитя? Где твой отец?").

Ее муж обыскал все вокруг. Он звал куда-то. Когда никто не отвечал, он искал признаки. Следы взрослых. Ни один не был обнаружен.

"Никаких шагов", - сказал он, качая головой в недоумении. Для него лес не был любимым местом. Он предпочитал города и шум. Это он случайно включил автомобильную сигнализацию. Он надеялся, что его жена захочет уехать. Он обещал ей обед в ее любимом ресторане. В этот момент она услышала ребенка и побежала в лес.

Он последовал за женой, ради ее безопасности. В городе они избегали мест, где могли затаиться хищники. Заманивая ничего не подозревающих, доверчивых людей - таких, как его жена, - в опасность.

Лес, именно этот лес, был жив звуками. Жив светом. И ребенок, они не могли оставить ребенка.

"Пойдем", - сказал он. "Мы отвезем его в больницу, чтобы убедиться, что с ним все в порядке, и они смогут проверить в полиции, кому он принадлежит".

Она прижала ребенка к груди, проведя рукой по спине, как мать поступила бы с собственным ребенком. В ее сознании он был именно таким, ее ребенком. Ребенок, которого она никогда не могла иметь, звал ее, и она пришла в запретный лес и забрала его себе.

"Он мой, - сказала она, сначала вызывающе, потом более мягко, - то есть наш. Наш ребенок. Сын, которого ты всегда хотел".

Ее муж посмотрел на мальчика. Он нуждался в них. А он был слишком маленьким, слишком юным, чтобы помнить что-то раньше. Он уже доверял им. Никто не узнает, думал он. И все же, правильно ли это, взять этого ребенка, как своего собственного?

"Никто не узнает", - сказала его жена, словно прочитав его мысли.

Такое часто случалось после двенадцати лет совместной жизни. Они думали о похожих вещах. Говорили в одно и то же время. Заканчивали предложения друг друга.

Они были любящей и стабильной парой. Вместе они могли так много дать ребенку. Однако судьба не подарила им ни одного собственного.

Она передала ребенка мужу и стала ждать.

Птицы сверху видели, как дрожат ее руки. Они пели, подбадривая ее, чтобы она взяла ребенка. Помогали ему решить, что ребенок теперь принадлежит им.

Она уже заявила о нем в своем сердце и в своей душе. Ее муж тоже, но он разрывался между эгоизмом. Он хотел поступить правильно, а не эгоистично.

"Не хочешь ли ты пойти и жить с нами?" - спросил он ребенка.

Хотя тот не ответил, они втроем вернулись на стоянку. Они положили мальчика на середину заднего сиденья, подальше от подушек безопасности.

Птицы и сова кивнули, а затем улетели в лес.

ГЛАВА 15
ЖЕНЩИНА

С тарая женщина раскачивается в своем кресле, вперед-назад, вперед-назад. Ее воспоминания мимолетны, как облака. Часто они недосягаемы.

Путаница надвигается. Скоро оно заменит все в ее сознании небытием.

Деменция не выбирает своих жертв в соответствии с желаниями или потребностями больного. Ее цель - сбить с толку. Отчудить. Стереть с лица земли.

Она смирилась с этим, пока в один прекрасный день все не пошло кувырком.

Теперь она так и называла это - topsy-turvy. Или сокращенно Т/Т. В остальном все было плохо и становилось только хуже. Но topsy-turvy означало, что она не сошла с ума, и более того, это означало, что она не одна - больше нет.

В своем сознании она видела все. Иногда это происходило в замедленной съемке, как будто она нажимала кнопку на пульте. Иногда сцены проигрывались снова и снова, назад, вперед, по кругу. В других случаях она оказывалась в самом центре событий, наблюдая из первых рук, как репортер.

Когда это случилось впервые, она боялась, что ее ранят или убьют. Она была свидетелем некоторых вещей, от которых волосы вставали дыбом. Но когда она поняла, что окружающие не видят и не слышат ее, то смогла расслабиться. За исключением архангелов, они знали о ее присутствии, но не давали о нем знать другим.

Как в тот раз, когда ее сознание улетело в Нидерланды. Она устроилась там, наблюдая за маленькой девочкой. Она закричала, когда ребенок потерял зрение. Она чувствовала себя беспомощной, так как не могла ничего сделать, кроме как наблюдать. Со временем это тоже изменилось.

Потом Лия и E-Z подружились, и к ним добавился лебедь Альфред. Она наблюдала за ними, прислушивалась. Чувствовала себя невидимым и неслышимым членом их команды. Она наблюдала, как они работают вместе и превращаются в крепких друзей.

И вдруг она мысленно заговорила с Лией, и маленькая девочка ответила ей. Для Розали открылся совершенно новый мир.

Поначалу их общение было несколько ограниченным. Несмотря на большую разницу в возрасте, у этих двоих были некоторые общие черты. Например, их любовь к балету.

С тех пор как архангелы изменили правила, Розали еще больше следила за "Тройкой". И все же этих обменов было недостаточно, чтобы бросить вызов ее уму, чтобы занять ее мысли.

Именно тогда Розали открыла для себя Других. Дети, обладающие уникальными способностями в других частях света, - и она могла говорить с ними.

Сначала была Бренди, подросток, живший в США. Затем с ней общался Лачи, также известный как Мальчик в коробке. Третьим, но не последним, был Харуто, который жил в Японии. Харуто был самым младшим из всех. Все трое детей обладали способностями. А она была одиноким коннектором.

Пока что Лия держала ее на связи с Альфредом и E-Z, но вскоре ей придется рассказать им обо всех остальных.

Розали вздрогнула, когда появились служители с ее едой. Красное желе. Ее любимое. Она съела первую порцию, полив ее сливками. Сливки, которые должны были пойти в ее кофе.

Мысленно она поблагодарила девушку, которая принесла еду, потому что Розали не могла говорить. Она была не в состоянии говорить. Единственным способом общения для нее был разум...

Вызывать "Тройку", чтобы навестить ее в резиденции старших, казалось не самым правильным решением. Пока что она позволит Лии держать ее в секрете, а сама сделает заметки о Бренди, Лачи и Харуто и запишет их в книгу.

Ей придется скрывать ее от архангелов. Она бы вела секретное досье. Она не собиралась терять след этих детей, несмотря ни на что.

"О!" - воскликнула она, потянувшись в верхний ящик ночного столика рядом со своей кроватью. Она вспомнила о подарке. Блокнот, на лицевой стороне которого было написано: "С днем рождения!".

Она нацарапала первые несколько страниц. Не создавая никаких реальных слов, затем, когда она добралась до тринадцатой страницы. Тринадцать для нее всегда было счастливым числом, она начала писать о Бренди, Харуто и Лачи. Было так много всего, что нужно было написать. Когда рука болела, она останавливалась, разминала ее некоторое время, а потом снова возвращалась к письму.

Розали задавалась вопросом, есть ли другие дети, кроме этих трех новеньких. Если она подождет немного, они тоже могут заговорить с ней. Будет лучше, если она расскажет свой секрет, когда все дети раскроют себя.

Розали была осторожна, не написала на внешней стороне книги "Секретно" или "Частно". И она была рада, что к ней не прилагался ключ. Эти три вещи заставили бы любого, кто увидел бы тетрадь, захотеть прочитать ее. Они стали бы любопытными, как кошка. В ее возрасте было много людей, которые были любопытны. Но они не захотят читать после того, как увидят первые тринадцать беспорядочных страниц.

Она пролистала книгу до конца. Розали заполнила последние тринадцать страниц еще более беспорядочным почерком. Затем положила книгу и ручки обратно в ящик и закрыла его.

Она улыбнулась, откинулась на подушку и положила руку, думая об ужине. В основном о десерте.

ГЛАВА 16

ГДЕ ТЫ БУДЕШЬ СТОЯТЬ?

Есть один мир, в котором мы живем, мир, который наполнен как хорошими, так и плохими людьми. Мир, которым управляют человеческие существа, несовершенные и неидеальные. Люди, которые не являются роботами... Не запрограммированы на то, чтобы быть хорошими или плохими.

Мы учимся всю свою жизнь, от того, что мы видим, что замечаем, чему нас учат и кем мы становимся.

Мы учимся на тех основах, которые были заложены для нас. По мере того как мы растем и расширяем свои горизонты, необходимо делать выбор.

От нас зависит, как применить полученные знания. Выбирать между плохим и хорошим.

На протяжении веков великие люди были одурачены. Великих и могущественных людей. Даже взрослых людей.

Иногда решение дается легко. Без всяких серых зон. Иногда нас ведут силы, неподвластные нашему контролю. Другие давят на нас, заставляя следовать их этическому кодексу. Иногда возникают неожиданные элементы.

Скажем, мы идем по тропинке, а кто-то ставит заграждение. Мы можем убрать его или остановиться и подождать, пока человек его уберет. Мы можем выбирать.

Жизнь - это выбор. Выбор, который мы делаем, может выстроить нас на всю жизнь. Мы идем по этой дороге, кирпичики которой выложены из наших правильных решений.

Или мы можем позволить сбить себя с пути. Одурачить. Обмануть, заставив пойти против того, что мы знаем как правду.

Когда это происходит, все может рухнуть вниз - как домино.

И наши действия - или бездействия - будут иметь последствия. И не только для нас самих. То, что мы делаем, влияет на других.

И в конце концов, после смерти нас всех поймают и заключат в объятия наши ловцы душ.

Фурии - три злые богини - захватывают контроль над ловцами душ.

Ловцов душ похищают.

Души летают без дома.
Бездомные души.
На горизонте замаячил хаос.
Где ты будешь стоять?

ГЛАВА 17

РОЗАЛИ В БЕЛОЙ КОМНАТЕ

Розали открыла глаза. Наступило время еды, и она попросила принести поднос с завтраком. Ее комната находилась по пути в столовую. Когда туда несли еду, она чувствовала запах бекона. От этого запаха у нее во рту начинало першить. А еще кофе. Она ждала своей очереди. У нее не было другого выбора, кроме как ждать своей очереди.

Она знала, что они предпочитают кормить жителей в столовой. Она понимала необходимость придерживаться расписания. И все же она знала, что в конце концов они займутся ею. В доме престарелых, где она жила, всегда так делали.

Она наблюдала за кардиналом на дереве за окном и подумывала встать с кровати, чтобы посмотреть поближе. Но когда она откинула покрывало и опустилась на ковер, то почувствовала себя странно. Пушистость.

И приземлилась в "Белой комнате".

Ничего не изменилось с тех пор, как там побывал E-Z. И Розали не потребовалось много времени, чтобы найти свои ноги и начать исследовать.

Когда она провела пальцами по книжным полкам, у нее возникло ощущение дежа вю. Была ли она в этой комнате раньше?

Она двинулась к центру комнаты и обернулась. Книжные полки продолжались и продолжались. Насколько хватало глаз. От их высоты у нее закружилась голова, и ей захотелось присесть и перевести дух.

БИНГО

Появилось удобное кресло, и она опустилась в него. Откинувшись назад, она поняла, что у него есть колесики и оно может крутиться, и повернула его. И повернула. Затем она закрыла глаза и отдохнула. Она была рада, что еще не завтракала, потому что в животе у нее слегка заурчало, когда над ней что-то зашевелилось.

Или ей это показалось.

"Ты там!" - крикнула она, указывая ни на что и ни на кого. "Я видела, как ты двигался, ты, ты, маленький... кем бы ты ни был, выходи, выходи", - уговаривала она.

Решив, что ей все привиделось, она вернулась к изучению окружающей обстановки. И задалась вопросом, как она оказалась в этом месте.

"Неужели я снова в своей комнате, воображая себя в этом месте?" Она впилась ногтями в ручки кресла. Она наблюдала, как они процарапывают следы на кожаной поверхности. Это были легкие царапины, достаточно легкие, чтобы их можно было удалить, немного потерев. В конце концов, она была гостем, а гости всегда должны заботиться о месте, которое они посещают. Иначе их больше не пригласят вернуться.

Над ней снова что-то зашевелилось. На этот раз это сопровождалось звуком хлопающих крыльев. Неужели птица попала в ловушку и не может выбраться?

"Я иду, малыш", - сказала она, встала и пошла к лестнице.

Деревянная конструкция, словно прочитав ее мысли, покатилась по полу и остановилась у ее ног.

"Запрыгивай!" - сказало оно.

Розали так и сделала, и только когда она сама сдвинулась с места, она поняла, что эта штука заговорила с ней.

"Спасибо", - сказала она, когда оно остановилось.

"Не за что", - сказала лестница. "Тебе нужна какая-то конкретная книга?"

Розали рассмеялась. "Мне показалось, что я услышала птицу. Ш-ш-ш."

Лестница рассмеялась. "Здесь нет птиц, мадам. Звук, который ты слышишь, исходит от книг".

"Книги с крыльями?" "Да", - ответила лестница. Тогда: "Ты там! Иди сюда!"

Розали наблюдала, как толстая черная книга придвинулась к краю полки. Затем из ее передней и задней части проросли крылья. Иф полетел вниз и приземлился в руки Розали.

"О боже!" - сказала она, глядя на корешок. "Кажется, я уже читала эту книгу".

ДВИЖЕНИЕ.

Книга вырвалась из ее рук и вернулась на свое прежнее место на полке.

"Мне очень жаль", - сказала Розали. Затем, обращаясь к лестнице: "Надеюсь, я не обидела мистера Диккенса".

"Если ты уже закончил со мной, - сказала лестница, - могу я предложить тебе спрыгнуть?"

"Мне жаль, что я потратил твое время", - ответила она.

"Ничего подобного. Я рада быть полезной".

Розали шагнула вниз, и лестница понеслась в другой конец комнаты.

Розали пощупала лоб - нет, ее не лихорадило. Должно быть, уровень сахара в ее крови упал слишком низко. И теперь она не сможет поесть, причем несколько часов. А эта воровка Агнес

Линдси украла бы у нее завтрак. Она пробиралась к ней в комнату и съедала все до крошки. Когда обслуживающий персонал возвращался, чтобы забрать поднос, они думали, что его съела Розали. Розали и Агнес были заклятыми врагами.

Чтобы отвлечься от урчания в животе, Розали сосредоточилась на книгах. На одной книге в частности. Книге, которую она любила перечитывать снова и снова, когда была маленькой девочкой. Она называлась "Анна из Зеленых Гейблов", написанная... Она не могла вспомнить имя автора.

"Люси Мод Монтгомери", - сказала лестница, подкатившись к ней. "Запрыгивай", - ответило оно.

"Ах, спасибо за предложение, но я слишком голодна и, возможно, слишком головокружена, чтобы забраться на тебя".

"Садись", - сказала лестница, - "Вон там". Затем лестница свистнула, и высоко на полках выдвинулась книга. У нее проросли крылья спереди и сзади, и она полетела в руки Розали. Она обняла ее и прижала к груди.

"Спасибо тебе", - сказала она.

"Это все?" - поинтересовалась лестница.

"Да, если только у тебя нет лишней пары очков для чтения, спрятанной где-то в этой комнате".

БИНГО.

Очки появились и сидели на ее носу идеально ровно.

Лестница вернулась на свое прежнее место.

У Розали болели лодыжки.

БИНГО.

Под ее ногами заскрипела подставка.

Она открыла книгу. Внутри был набросок тезки книги - Анны Ширли. Она провела пальцем по очертаниям рыжих волос маленькой девочки-сироты.

Энн подмигнула Розали. Та моргнула, а потом улыбнулась в ответ. Она и раньше слышала об интерактивных книгах, но эта была на высоте!

Дрожащими руками она развернула карту Канады, ее глаза следовали за стрелками, которые вели к острову Принца Эдуарда. Мысленно она прошла это расстояние - и оказалась в Грин Гейблс. Возле дома стояли Катберты. Они ждали Энн.

Она перевернула страницу и принялась за чтение. По ходу дела она смеялась над каждым затруднительным положением, в которое попадала Энн.

Потом у Розали заурчало в животе, и ей захотелось чего-то совсем не похожего на завтрак. Салат с желе. То, что мама готовила для нее по особым случаям, когда она была маленькой девочкой. Больше всего ей нравились взбитые сливки сверху.

БИНГО.

Перед ней лежал радужный салат Jell-o Salad с кучей взбитых сливок сверху. Она подумала о ложке и

БИНГО.

Появилась одна. Но потом она вспомнила, как мать и отец ругали ее, если она съедала десерт первой. Она подумала о картофельном пюре. Паровое, горячее, с тающим сверху маслом. О, и мясной рулет с кетчупом. И горошек, только что собранный с огорода.

БИНГО.

Перед ней стояла огромная миска с картофельным пюре. По бокам таяло масло. Это было произведение искусства. Оно выглядело почти слишком хорошо, чтобы его есть.

Рядом с ним лежал квадрат мясного рулета с добом кетчупа через верх.

А в отдельной миске - горох. С веточкой мяты сверху.

Она улыбнулась. Будучи маленькой девочкой, она не любила, чтобы ее блюда соприкасались. В этом зале шеф-повар знал, что ей нравится.

Но шеф-повар забыл дать ей приборы для еды. Она представила себе нож и вилку.

БИНГО.

Их тоже принесли. Она ела с жадностью. Осторожно, чтобы не повредить Anne of Green Gables. Книга, чувствуя потребность в защите, взлетела вверх и зависла в воздухе, где Розали могла легко до нее дотянуться.

Розали съела все, включая салат из желе, который покачивался на ложке.

Когда она закончила

БИНГО

посуда, столовые приборы и прочее исчезли.

После нескольких мгновений благодарности за подаренную еду она подняла глаза на книгу.

Иф подлетел к ней, и она возобновила чтение.

Читать и ждать.

Чего или кого она ждала - она не знала.

ГЛАВА 18
ЧАРЛЬЗ ДИККЕНС

В городе Лондон, Англия, с неба упал металлический контейнер.

Сам контейнер не был длинным или похожим на силосную башню. На самом деле ближе всего он напоминал капсулу. Разница заключалась в том, что этот предмет был квадратной формы и не имел окон. Вместо окон он был зеркальным со всех сторон. Кроме того, будучи плоским, когда он ударился о воду, то проскочил по ней с огромной силой. Он приземлился на берегу Темзы.

За всем этим наблюдали два детектива, которых звали Джон и Пол. Обоим мужчинам было за тридцать. Они зарабатывали на жизнь детектированием. Поэтому их считали профессиональными детекторами.

Часы работы детектистов варьировались. Они были индивидуальными предпринимателями и отвечали за содержание и управление своими инструментами.

Детектору требовалось много инструментов. Он не хотел выходить на раскопки неподготовленным. Большинство из них повсюду носили с собой ящик с инструментами. Внутри лежали предметы первой необходимости. Вот лишь некоторые из них: наушники, чехлы от дождя, жгуты, инструменты для копания, лопатки, пояс для инструментов, фартук (с карманами), непромокаемый чехол, рюкзак, мешок для мусора.

Большинство раскопок Джона и Пола проходили в Лондоне, на Темзе. Как того требует закон, они имели при себе разрешения Standard и Mudlark. Они выдавались администрацией Лондонского порта.

Разрешение позволяло им при необходимости копать на глубину до 7,5 см (лестница была необходима независимо от того, собирался ты копать или нет).

В случае с квадратным предметом, который приземлился перед ними, нужно было немного подумать. Прежде чем они взяли его в руки и заявили.

"Хочешь посмотреть поближе?" спросил Пол.

Джон, который мало что говорил, кивнул.

Они двинулись вперед, с инструментами в руках. Их веллингтонные ботинки хлюпали и хлюпали, с каждым шагом разгоняя грязь и воду. Берег реки часто был очень грязным после нескольких дней непрерывных дождей.

"Claim!" сказал Пол.

"Справедливо", - ответил Джон.

Хотя они оба увидели это в одно и то же время, он знал, что это претензия и от его имени. Они были напарниками, всегда ими были, и ничто и никогда этого не изменит.

Оба шли вперед, пока не достигли его. Он был похож на квадратный зеркальный шар, и когда они попытались рассмотреть его, то увидели лишь собственные отражения в нем.

"Мне нужно подстричься", - сказал Джон.

Пол насмешливо хмыкнул, коснувшись бока носком ботинка. "Должен быть способ открыть его", - сказал он.

"Он слишком большой, чтобы мы могли перевернуться", - сказал Джон, доставая из кармана измерительную ленту и измеряя высоту одной стороны. Он показал результат Полу, который гласил: "60 сантиметров".

Они обошли вокруг объекта. Время от времени останавливаясь, чтобы постучать, постучать. Осторожно, чтобы не оставить отпечатков пальцев на зеркальном объекте. Но они надеялись, что коснутся секретной кнопки и откроют его.

И прислушивался. Чтобы убедиться, что она не тикает.

"Может, нам стоит отнести его в музей или сообщить о нашей находке?" - предложил Пол. предложил Пол. "Они бы прислали грузовик или кран, чтобы поднять и перевезти его. После того как саперы осмотрят его".

Джон покачал головой.

"Если они пришлют саперов, то взорвут его. Повсюду будут валяться битые стекла, и наши претензии окажутся бесполезными".

"Верно, верно", - сказал Пол. "Эти парни любят все взрывать. Это ведь их преимущество, не так ли?".

"Думаю, да. Что нам теперь делать? Она не тикает. В этом плане у нас все чисто".

"Да. Отряд не нужен", - сказал Пол. Он обошел вокруг объекта, заложив руки за спину. Это была его мысленная походка. Джон шел позади него, повторяя его шаги, с руками за спиной.

Пол сказал: "Нам нужно выяснить, что это такое и сколько ему лет. Согласно Закону о сокровищах 1996 года, мы должны претендовать только на некоторые вещи. Это не похоже на золото или серебро, и ему точно не больше трехсот лет. Возможно, эта находка принадлежит нам и только нам, то есть нам не нужно сообщать о ней местному FLO (Finds Liaison Officer).

"Определенно не золото и не серебро", - сказал Джон, постучал по металлическому предмету и прислушался. Он показался ему полым. Он постучал по нему в нескольких местах и прислушался.

Над ними появились два огонька.

Один был зеленым, а другой - желтым.

Они приземлились на верхнюю часть предмета.

"Кыш!" сказал Пол.

"Мы что, сходим с ума?" спросил Джон, почесывая голову.

"Не думаю", - ответил Пол.

Огни поднялись и поплыли вокруг. Оба опустились к подножию контейнера. Как только они уселись, огни подняли его и удержали на месте. Через несколько секунд он начал вращаться, сначала медленно, потом все быстрее. Вскоре он вращался с огромной скоростью. Вращаясь, оно начало петь высоким голосом.

Детективы упали на колени и закрыли уши руками. Их тела сковала тошнота, не похожая на морскую болезнь. И они были очень напуганы.

"Что происходит?!" пронзительно закричал Джон.

"Кажется, тварь вылупляется!" ответил Пол.

Опустившись на землю, контейнер пульсировал. Задрожал. Содрогался. Когда зеркальный ящик раскрылся, часть его опустилась, как разводной мост, на травянистый берег реки.

"Аррргггх!" - закричали детекторы.

Они ждали, глядя на это сквозь пространство между пальцами. Больше не желая претендовать на вещь. Их больше не интересовала ее ценность.

Вышел молодой парень.

"Это ребенок", - сказал Пол, вставая.

Джон тоже встал и положил руки на бедра.

"Подожди", - сказал Пол. "Он одет как один из тех детей из Оливера Твиста".

"Я заново родился", - воскликнул парень, откидывая кепку, а затем возвращая ее на голову. Он потянулся, зевнул, затем осмотрел окружающую обстановку. "Смотри, вот! Здания парламента. Они изменились с тех пор, как я видел их в последний раз. И послушай, - сказал он, когда часы пробили раз, два, три. "Зачем они посадили Большой колокол в клетку?" - спросил он.

"Что значит клетка? Он же называется Биг-Бен", - сказал Пол. "И почему ты так одет? Ты посещаешь костюмированную вечеринку?".

Парень похлопал по передней части своего жилета. Он проверил, полностью ли застегнут жилет и полностью ли спущены ноги в брюках. Ему было привычнее носить короткие штаны, а длинные всегда хотелось застегнуть. На голове у него была шляпа, которую он снял, прежде чем снова заговорить.

"Ты знаешь дорогу в Портсмут?" - спросил он. "Мать и отец будут волноваться за меня".

Детекторы посмотрели друг на друга, но ни один из них не заговорил. Впервые в жизни они были лишены дара речи.

"Я пошел", - сказал парень, снова надевая шляпу.

ПОП.

ПОП.

Появились Хадз и Рейки, и блок пролетел прямо перед глазами юноши.

"Чарльз Диккенс, тебе нужно остаться с этими двумя мужчинами. Они отведут тебя туда, куда нужно. Тебе нужно быть с E-Z".

"Что они сказали?" спросил Джон, потирая уши. "Мне кажется, я схожу с ума".

"Они сказали, что он Чарльз Диккенс. Чарльз Диккенс! И мы должны помочь ему добраться до E-Z, кем бы он ни был, когда он дома", - ответил Пол.

Чарльз Диккенс. Тот самый Чарльз Диккенс. Иначе известный как дальний родственник И-Зи и Сэма... - Пол склонил кепку в сторону двух сказочных существ. "Однажды у меня была книга с феей на обложке, написанная Гриммом. Вы его знаете?" - спросил он.

Хадз и Рейки захихикали, а потом исчезли.

ПОП.

ПОП.

Чарльз Диккенс снова надел свою шляпу: "Я отправляюсь в Портсмут". Он начал ходить.

"Нет, не отправляешься", - в унисон сказали детекторы.

"Конечно, иду", - сказал он.

"Портсмут - это долгая прогулка", - сказал Джон.

Позади них зеркальный куб начал трястись и дребезжать. Затем он заговорил: "Этот cybus autem speculatam самоуничтожится через 5, 4, 3, 2, 1, 0".

Детекторы упали на землю, закрыв головы руками.

POOF.

И всё исчезло.

"Whew!" сказал Диккенс. Затем он указал в сторону "Лондонского глаза". "Что это такое?" - спросил он.

Детекторы бежали впереди Чарльза. Ведя за собой и расчищая путь. Как два футбольных защитника, они держали его в безопасности. Уворачиваясь от велосипедов, пешеходов и бродячих собак. Направляя его на другие тропинки, чтобы избежать трамваев, такси и скутеров.

"Это называется "Лондонский глаз", и с него можно увидеть много-много миль".

"Есть шанс, что мы скоро сможем что-нибудь съесть?" спросил Чарльз, потирая живот.

"Почему бы не зайти к нам и не выпить сначала чашку чая", - спросил Пол. "Моя мама готовит отличный чай, и она даже может положить в него печенье или два".

"По-моему, звучит неплохо", - сказал Диккенс. "Тогда мне нужно будет добраться до дома. Мама будет интересоваться, где я. Мне нельзя засиживаться допоздна, а учитывая, где сейчас солнце, думаю, оно скоро сядет".

Когда они подошли к Конвент-Гарденс, Диккенс заметил мемориальную доску. "Посмотри сюда", - сказал он. "Здесь написано мое имя".

Джон и Пол посмотрели на Чарльза Диккенса.

"Что?" - сказал он.

"Ты станешь самым известным британским автором всех времен", - сказал Джон. "А Оливер Твист - один из твоих самых известных персонажей".

"Неужели?" спросил Чарльз.

"Так и есть", - ответил Пол. "И я не хочу тебя обидеть или что-то в этом роде, но, знаешь, Уильям Шекспир тоже довольно знаменит", - сказал Пол.

"Шекспир был драматургом. А я писал пьесы?" спросил Чарльз.

"Нет, ты писал романы. Ну тогда, может, ты был прав".

Они подъехали к дому Полы: "Мама, это Чарльз Диккенс", - сказал он.

Она была на кухне, на ней был пинни (фартук), и она вытерла руки о его переднюю часть, прежде чем пожать Чарльзу руку.

"Есть родственники того самого Чарльза Диккенса?" спросила мама Пола.

"Рад снова тебя видеть", - сказал Джон, меняя тему разговора. "Могу ли я быть настолько грубым, чтобы попросить чашку чая с хлебом и маслом?"

"Вы трое проходите и садитесь, я сейчас все принесу", - сказала она, выпроваживая их из своей кухни.

Они расположились в передней комнате. Пол сел рядом с окном, чтобы смотреть на улицу сквозь сетчатые занавески.

Тем временем Джон и Пол размышляли в похожем ключе. О том, как они открыли Чарльза Диккенса и как могли бы заработать на этом немного денег.

Пол искал: "Когда умер Чарльз Диккенс? Ответ: 1870. Он показал экран Джону.

"Почему ты хотел поехать в Портсмут?" спросил Джон.

"Я там раньше жил", - ответил Чарльз.

"У тебя есть еще книги", - спросил Пол. "Я имею в виду книги, которые ты еще не опубликовал?".

"Не знаю", - ответил Чарльз. "А много ли я написал книг?".

"Да, ты точно написал, Чарльз", - сказал Джон.

"И какие-нибудь хорошие?" поинтересовался Чарльз.

"Я читал "Оливера Твиста", когда был мальчишкой, и "Большие надежды" тоже. Отличные, но немного затянутые, на мой вкус", - сказал Пол.

"Рождественская песнь" была хорошей, - сказал Джон, - "Не слишком длинная и с отличным выученным уроком".

В комнате на несколько минут воцарилась тишина.

"Мне нужно найти этого Эзекиля Диккенса - или, как его называют друзья, E-Z", - сказал Чарльз. "Не знаю, откуда я это знаю, но, по-моему, он живет в Америке". Он зевнул, с трудом удерживая глаза открытыми.

Вошла мама Пола, неся поднос, наполненный лакомствами. Все ели досыта, и вскоре Чарльз уснул в кресле.

"А, малыш крепко спит", - сказала мама Пола, накрывая его одеялом.

"Он такой маленький", - сказала она.

"Но он один из величайших писателей".

Джон вмешался: "Писательство у него в крови, так что, возможно, однажды он станет великим писателем".

Мама Пола рассмеялась, а потом пошла наверх в свою комнату, чтобы посмотреть немного телика.

Тем временем Пол и Джон обсуждали, что им делать с Чарльзом Диккенсом.

"Жаль, что мы не можем оставить его себе", - сказал Джон.

"Ну, я не думаю, что музей примет его", - сказал Пол.

Оба согласились провести небольшое исследование о Чарльзе Диккенсе в интернете.

ПОП.

ПОП.

Джон и Пол уставились вперед, словно спали. Хотя они были на большом расстоянии друг от друга. Хадз и Рейки спели им песню, которая звучала примерно следующим образом:

"Чарльз Диккенс - всего лишь мальчик.

Он не игрушка для детекторов.

Помоги ему найти своего кузена в США.

Сделай это утром, или мы заставим тебя заплатить!".

Эта песня крутилась в голове Джона и Пола до тех пор, пока они не поняли, что им нужно делать.

"Мы найдем И-Зи Диккенса", - сказал Пол.

"Да, это правильное решение", - сказал Джон.

ПОП.

ПОП.

И они ушли.

ГЛАВА 19
РОЗАЛИ СКУЧАЕТ

Р озали все больше уставала от чтения "Анны из Зеленых Фронтонов". Чем старше она становилась, тем сложнее ей было долго концентрироваться на чем-то одном. Она сняла очки и пожалела, что у нее нет лавандовой маски, чтобы прикрыть глаза.

БИНГО.

Мягкая маска со струящимся ароматом лаванды заслоняла свет и успокаивала ее уставшие глаза.

"Как будто здесь есть волшебный джинн!" - сказала она, затем закрыла глаза и погрузилась в сон.

Когда через некоторое время она проснулась и сняла маску, то снова оказалась в своей кровати в общежитии для старшеклассников. Сходила ли она с ума или мысленно отправилась в путешествие?

Розали чувствовала себя немного зябко, вероятно, из-за холодной стерильной обстановки, в которой она находилась. В определенное время дня температура падала.

В это время она замечала, что жители находятся в своих комнатах, а служащие приводят себя в порядок. Поскольку они много работали, то не замечали холода. Не то что пожилые люди, которые ничего не делали.

БИНГО.

Нижний ящик ее шкафа открылся, и к ней полетел ее мягкий и пушистый красный свитер. Он сам собой расправился, пока она просовывала в него руки. Она прижалась к нему, чувствуя его тепло, пока вещь застегивалась.

"Это довольно странное событие", - сказала она.

Она сидела тихо, мечтая о чашке горячего чая с большим количеством сахара и молока.

БИНГО.

На столике неподалеку появился причудливый заварочный чайник с цветами на нем. Когда чай заварился, он налил себе в подходящую чашку, добавил два куска сахара и плеснул молока.

"Три куска, пожалуйста", - попросила Розали.

Был добавлен третий комочек.

Чашка с чаем на блюдце подплыла к ней.

"Как насчет короткого печенья или двух?" - спросила она.

Чашка остановилась в воздухе.

БИНГО.

Теперь на блюдце лежали два коротких хлебных печенья.

"Ты забыл чайную ложку!"

БИНГО.

"Спасибо", - сказала она, все еще задаваясь вопросом, не галлюцинирует ли она и/или не сходит ли с ума.

Чай был горячим, но не слишком. Сладким, но не слишком. И он отлично сочетался с пряниками.

Когда она выпила все до последней капли из чашки......

BINGO

он исчез прямо у нее из рук.

Ей было интересно, как долго будут продолжаться эти волшебные трюки или фокусы ее воображения. Пока они продолжаются, она будет наслаждаться ими в полной мере.

"Подожди-ка!"

Она вспомнила о книге. О той, которую она не хотела, чтобы кто-то мог прочитать.

"Можешь ли ты, - попросила она воздух, - исправить это так, чтобы тот, другой, смог прочитать мою книгу". Она потянулась к ящику и взяла его в руки. "Итак, единственные, кто может прочитать ее, кроме меня, это Лия, Альфред и E-Z. Больше никто. Если кто-то еще найдет ее и пролистает страницы, все они окажутся пустыми".

Она ждала знака. Или шума, но их не последовало.

Она вернула книгу в ящик, перевернулась и снова заснула.

POP

POP

"Она уже спит?" спросил Хадз.

"Думаю, да. Она храпит!"

"Осторожно, не разбуди ее. Но нам нужно взять ее на борт - я имею в виду, официально".

"Архангелы дали ей силы, чтобы она следила за Лией, И-Зи и Альфредом. Они знают о ней", - напомнил Рейки.

"Это правда, и она будет предана этим детям. И остальным. Архангелы не знают о них ничего конкретного - и я думаю, что так будет лучше".

"Согласен. Итак, что нам нужно сделать. Чтобы сделать так?"

"Розали", - прошептал Хадз прямо в ее левое ухо. "Ты ведь хочешь помочь Лии, E-Z и Альфреду, не так ли?"

"Да", - ворковала Розали.

Рейки произнесла. "А что насчет остальных? Ты готов их защищать? Даже от архангелов?"

"Да", - ответила Розали.

"Очень хорошо", - сказал Рейки. "А теперь давай подтолкнем ее память. Мы же не хотим, чтобы она забыла о том, что согласилась сделать, не так ли?"

Хадз и Рейки спели песню,

"Воспоминания - прекрасные вещи.

Которые плавают вокруг, как кольца дыма.

Назад и вперёд, вперёд и назад.

Пусть воспоминания Розали держат ее на верном пути.

Магия, магия в воздухе и в море

Скрепляет наш контракт с Розали".

POP

POP

Хадз и Рейки ушли, а старая добрая Розали продолжала храпеть.

ГЛАВА 20
COUSINS

У тром в Англии, пока закипал чайник, Джон и Пол собирались. Компьютер был включен, а поисковая система открыта.

"Я заварю чай", - сказал Джон.

"Начну печатать", - сказал Пол, вводя в строку поиска слова Ezekiel Dickens. "О", - сказал он. "Вот это было неожиданно".

Пришел Джон, неся поднос с чаем, кусковым сахаром в пиале, горячими тостами с маслом и баночкой мармелада на боку.

"Нашел что-нибудь", - спросил он.

"Взгляни-ка на это", - сказал Пол, поворачивая экран и размешивая кусковой сахар в чае.

Это был сайт супергероев "Тройки". Они наблюдали, как E-Z представился, а затем Лия и Альфред.

"Это законно?" спросил Джон. "Они выглядят как три персонажа из мультсериала".

Затем началось воссоздание спасения на американских горках. Пол нажал на кнопку PAUSE. Он открыл другое окно. Набрал в нем Amusement Park Rescue E-Z Dickens. Выскочила газета со статьей об этом. "Это законно", - сказал он.

"Значит, родственник Чарльза - супергерой?"

"Думаешь, мы совсем не похожи?" спросил Чарльз. Он все еще наполовину спал в безразмерной пижаме, которую ему дали для сна. Он взял с тарелки ломтик тоста и вгрызся в него.

"У вас обоих носы как у Диккенса", - сказал Джон.

Чарльз внимательно посмотрел на часть экрана с паузой.

"Судя по тому, когда ты родился, - сказал Пол, погуглив, - в 1812 году и сейчас, E-Z был бы твоим седьмым или восьмым троюродным братом".

"Что значит "двоюродный удаленный брат"?"

"Это означает количество поколений между вами", - сказал Джон.

"Итак, мой предок - супергерой. А что такое супергерой? Это как в фильме "Сэр Гвейн и Зеленый рыцарь"?".

"А, я припоминаю, что читал это в школе, когда был мальчишкой, да, рыцари и супергерои похожи", - сказал Пол.

Джон прокрутил страницу вниз, чтобы посмотреть, не упоминался ли где-нибудь еще E-Z Диккенс. На YouTube были ролики о том, как он играл в бейсбол до того, как оказался в инвалидном кресле, и после.

"Он неплохой спортсмен", - сказал Джон. "И он занимается спортом в инвалидном кресле".

"Игра похожа на Rounders", - сказал Чарльз.

"О, подожди, а вот и кое-что о его родителях", - сказал Пол.

Они прочитали некрологи родителей И-Зи о несчастном случае, который унес их жизни.

"Бедный парень", - сказал Чарльз. "По крайней мере, теперь у него есть брат отца Сэм, который присматривает за ним".

"Почему бы нам просто не позвонить ему?" спросил Пол. Он открыл свой телефон и набрал информацию.

Чарльз смотрел на него через плечо, а Пол говорил в трубку, и ему ответил женский голос. "Мне нужна чашка чая", - сказал он.

Джон пошел на кухню, чтобы принести ему.

Тем временем Пол попросил номер телефона Эзекиля Диккенса в Северной Америке. После того как он набрал номер и телефон зазвонил, Пол включил громкую связь.

"Привет", - сказал Сэм.

Чарльз чуть не выронил свою чашку с чаем.

"Э-э, здравствуйте, меня зовут Пол, и я звоню из Лондона, Англия. Я бы хотел поговорить с Иезекилем Диккенсом, пожалуйста".

"Я его дядя, могу я узнать, в чем дело?" Сэм прошел по коридору в комнату И-Зи.

Трое смотрели фильм на новом телевизоре с плоским экраном. Сэм взял в руки пульт и нажал кнопку MUTE. Затем включил громкую связь на своем телефоне.

"Если честно, я не совсем уверен", - сказал Пол. "Это не я хочу с ним поговорить, а..."

"Я". В трубке раздался новый голос. Голос более молодого человека.

"А ты кто?" спросил Сэм.

"Меня зовут Чарльз Диккенс".

Сэм передал трубку своему племяннику. "Он говорит, что его зовут Чарльз Диккенс".

"Я же говорил, что сегодня произойдет что-то странное", - сказал Альфред.

"Я тоже, - ответила Лия, - но я не знала, что это будет связано с Чарльзом Диккенсом!"

И-Зи заколебался, прежде чем сказать: "Это И-Зи Диккенс, э-э-э, мистер э-э-э, Чарльз. Чем могу быть полезен?"

Чарльз рассмеялся. Это был нервный смех. Он не знал, что сказать. Он никогда раньше не разговаривал с человеком, который находился на другом конце света.

"Я вернулся", - проболтался он. "Чтобы найти тебя. Джон и Пол, мои друзья, они (он обхватил телефон рукой) - детектисты..."

E-Z раньше не слышал термина "детекционисты".

"Они используют аппараты, чтобы находить вещи", - сказал Альфред.

Пол взял трубку на себя. "В реку приземлилась вещь. В ней находился Чарльз Диккенс. Два огонька, один зеленый и один желтый, сказали нам, что Чарльзу нужно связаться с И-Зи Диккенсом".

"Что за штука?" спросил E-Z. "Это было похоже на силосную башню?"

"Джон слушает", - сказал новый голос. "Нет, это был куб. Зеркальный куб".

E-Z закрыл рукой телефон: "Не похоже на одну из этих силосных ям".

"Тебя послали ангелы?" Лия пролепетала: "Кстати, я Лия, а другой голос, который ты слышал, был Альфредом. Мы здесь вместе с И-Зи и Сэмом".

"Рад со всеми вами познакомиться", - сказал Чарльз.

"Сколько тебе лет?" спросил E-Z.

"Около десяти, я думаю. Это правда, что мы двоюродные братья?"

"Да", - сказал E-Z, - "и дядя Сэм тоже твой двоюродный брат".

"Мы связаны через пространство и время", - сказал Чарльз.

"E-Z тоже писатель", - сказал Сэм.

E-Z сморщился, и его щеки стали горячими.

Сэм локтем вернул племянника к реальности.

"Это очень много, мистер Диккенс, то есть Чарльз. Нам нужно спланировать, как доставить тебя сюда, либо я могу приехать к тебе. Ты можешь немного побыть с Джоном и Полом, и мы снова свяжемся с тобой, как только решим, что делать?"

Пол ответил: "Да, мама говорит, что Чарльз - это совсем не проблема. Он может оставаться с нами столько, сколько захочет".

"Я перезвоню тебе", - сказал И-Зи.

Телефон отключился.

"Да, кстати, - сказал Сэм, - на жестком диске Ардена не было ничего полезного. Кроме подтверждения того, что они были вместе в сети, играя в многопользовательский шутер".

"Приятно слышать", - сказал E-Z, о чем он уже успел догадаться сам.

ГЛАВА 21
РОЗАЛИ И ПЛАН...

В своей комнате И-Зи, Лия и Альфред вместе с дядей Сэмом обсуждали состоявшийся разговор.

"Не могу поверить, что настоящий Чарльз Диккенс позвонил нам по телефону", - сказал Сэм.

"Да, но чего я не понимаю, так это почему он здесь. И для чего он сюда приехал", - сказал E-Z. " Я имею в виду, ему десять лет - он думает. И способ передвижения у него какой-то странный - зеркальная квадратная коробка. Что это, черт возьми, такое?"

"Это не похоже на космический корабль", - сказал Альфред, - "Не то чтобы мы знали, как он мог бы выглядеть".

"Подожди-ка!" сказала Лия.

И-Зи посмотрел на нее. "Ты думаешь о том же, о чем и я?"

Она кивнула.

"О ЧЕМ?" поинтересовался Альфред.

"Помнишь, как архангелы вызвали нас, чтобы сказать, что один из нас должен умереть?" спросила Лия.

Альфред и E-Z кивнули.

"Подумай о контейнере. Как будто ты снова в нем, и вспомни вещи, которые мы нашли. Бумаги, которые мы нашли?"

"Я понял, к чему ты клонишь. Ты имеешь в виду потустороннюю информацию. О нашей жизни в альтернативных измерениях?" спросил E-Z.

"Именно", - сказала Лия.

Альфред подпрыгнул на кровати.

"Что?" спросил Сэм.

E-Z объяснил, как мог.

"Итак, позволь мне проверить, правильно ли я понял", - сказал Сэм. "У всех нас есть жизнь, которая протекает где-то еще, кроме как здесь. Я имею в виду на Земле. Существуют другие версии нас самих, живущие жизнями, отличными от нашей. В отдельном времени, в разных пространствах, в разных измерениях".

"Верно", - сказал E-Z.

"А можем ли мы тогда изменить свою жизнь?" спросил Сэм. "Я имею в виду, изменить исход? Можем ли мы остановить ужасные вещи?"

"Я так не думаю", - сказала Лия. "Но я не знаю, как много они хотят, чтобы мы знали о других измерениях. Но судя по тому, что нам рассказывал Эриель, мы - центр. Все остальное, что происходит, вращается вокруг нас и той жизни, которой мы сейчас живем".

"Значит, - сказал Альфред, - то, что Чарльз Диккенс оказался здесь, должно быть как-то связано с Эриель и остальными".

"Да, я тоже так думаю", - сказал И-Зи. "Но почему именно сейчас? Испытания закончены. Это был их выбор. И все равно, похоже, они не могут оставить меня в покое".

"Вернуть Чарльза Диккенса. Да еще и десятилетнюю его версию! По-моему, в этом нет никакого смысла", - сказала Лия.

"Может быть, когда мы встретим его, - сказал Сэм, - все обретет смысл".

"Нет, если это связано с Эриэлем", - сказал И-Зи. "С ним ничего не бывает просто".

"Похоже, поездка в Лондон - наш единственный способ узнать это", - сказал Сэм.

"Такое ощущение, что я был там не так давно".

"Да, тебе легко туда поехать. Все, что тебе нужно сделать, - это направить свое кресло в нужную сторону и отправиться", - сказал Альфред. "В то время как у меня на все эти хлопанья уходит много энергии, да и ветер играет роль".

"Ты мог бы запрыгнуть на самолет, если бы дядя Сэм полетел с тобой", - предложил E-Z. "Все, что тебе нужно будет сделать, - это сесть на место с другими пассажирами и наслаждаться поездкой".

Альфред повесил голову.

"Я говорю это не для того, чтобы ты чувствовал себя плохо. Просто напоминаю, что мы все в одной лодке".

"Я понял. И спасибо тебе".

"Ладно, а теперь давайте вернемся к текущему вопросу", - добавил E-Z. Он щелчком выключил телевизор.

Лия уставилась вперед, словно находясь в трансе. "Розали!" - воскликнула она.

"Кто?" спросил Альфред.

Лия продолжала смотреть в пространство.

"С Лией все в порядке?" спросил Сэм. "Она едва дышит".

Лия встала. "Я должна тебе кое-что рассказать. Я встретила кое-кого, но не лично, а в своей голове. Она в моей голове, и я разговариваю с ней уже довольно долгое время. Она попросила меня ничего не говорить - пока. Думаю, это может быть связано со всей этой историей с реинкарнацией Чарльза Диккенса".

"Мы слушаем", - сказал E-Z, наклонившись ближе.

"Ее зовут Розали. Она живет в доме престарелых в Бостоне - и она довольно старая. У нее слабоумие".

"Это не та, которая вызывает потерю памяти?" спросил Альфред.

Но как только Розали услышала, что Лия упомянула ее имя, она мысленно и в теле перенеслась в комнату И-Зи. Она зависла над ними, внимательно вслушиваясь в каждое сказанное слово. Она прочистила горло, чтобы проверить, видят ли они ее или слышат, - не видят. Она пожалела, что не взяла с собой блокнот и ручку.

БИНГО.

Оба оказались у нее в руках. Она улыбнулась и принялась делать заметки.

"Ты хочешь сказать, что вы двое связаны - через ESP?" спросил Альфред. "Я думал, что только у меня есть ESP?"

"Это не совсем ESP, как мне кажется. Не в том смысле, в котором она есть у тебя".

"Как это?" поинтересовался Альфред.

"Воспоминания Розали исчезли. Во всяком случае, большая их часть. Она даже не узнает свою семью, когда они приходят навестить ее. А навещают они ее нечасто. Она не возражает, так как не любит их. Но каким-то образом мы стали общаться. И она знала все о нас и наших способностях. Она присматривала за нами, вроде как".

"Почему ты рассказываешь нам об этом сейчас?" спросил E-Z.

"Потому что она сказала, что все в порядке. А еще она упомянула Белую комнату. Она была там не один, а два раза. В первый раз ее благополучно вернули в кровать - но не в этот раз. Она говорит, что сейчас она там, и они не отпускают ее домой".

"Как вы оба знаете, я бывал в Белой комнате", - сказал он. "Это место, где архангелы впервые дали обещания и сказали, что я снова буду с родителями. По сути, там они взяли меня на борт, используя испытания".

Сэм добавил: "Однажды Эриел похитила меня в Белую комнату. Это было достаточно приятно, во всяком случае, поначалу - до тех пор, пока он не позволил мне уйти".

"Да, - сказал E-Z, - Эриел бестактен. И это довольно крутое место. Ты получаешь все, о чем попросишь, подумав об этом, - например, магию. И там есть книги - книги с крыльями. Но я не хочу вдаваться здесь в слишком большие подробности - давай сосредоточимся на Розали. Что происходит сейчас?"

Розали рассмеялась, подумав, что если она скажет Лии, что находится в двух местах одновременно? Нет, это может их напугать. Она мысленно поболтала с Лией и по пути рассказала несколько белых лживых фраз.

"Она говорит, что притворяется спящей. Она помнит, как перед ее глазами плавали две точки, одна зеленая, другая желтая".

"Хадз и Рейки", - сказал И-Зи. "Скажи ей, чтобы она не боялась их. Они хорошие парни".

Ах, - вздохнула Розали. Затем она поняла, что это, возможно, та самая возможность, которую она так долго ждала. Рассказать Трое о других. Она хорошенько подумала, а потом решила, что пришло время поделиться тем, что она знает.

"О, подожди, она хочет, чтобы я тебе кое-что рассказала". Лия уставилась вперед, когда голос Розали потек между ее губ: "Есть и другие, подобные тебе, я видела их. Думаю, именно поэтому я здесь".

"Другие, такие же, как мы?" воскликнули Лия, Альфред и E-Z.

"Я не уверен, как много мне следует рассказать им о других детях, находящихся здесь, в этой комнате. У тебя есть для меня какой-нибудь совет? Что я должен сказать? Не обидятся ли они на меня? Если я расскажу им о других детях - не обидятся ли они на них?" сказала Розали через Лию.

"Передаю тебе, И-Зи", - сказала Лия от себя.

"Сначала послушай, что они скажут", - сказал E-Z. "Они расскажут тебе о том, что уже знают, а потом ты сможешь решить, сколько, если вообще что-то еще, им нужно знать".

"Разумный совет", - сказал Альфред. "Всегда будь хорошим слушателем. Особенно когда тебя удерживают против твоей воли в незнакомом месте".

Лия предложила: "Я буду держать ребят в курсе, если ты хочешь, чтобы мы оставались на линии - так сказать".

Розали заговорила, используя рот Лии как свой собственный: "Мне нужно сохранить все свои способности... так что я пока скажу все. Спасибо тебе и всей банде за помощь. Я буду на связи, если ты мне понадобишься, пока я здесь. В противном случае я введу тебя в курс дела, когда снова вернусь домой, а это произойдет очень скоро, так как я пропускаю ужин. Сегодня вечером будет индейка, картофельное пюре и горох". Она заколебалась. "Да, кстати, Лия, на тебе очень красивый топ".

БИНГО.

"Спасибо", - сказала Лия, глядя вниз на свою футболку и удивляясь, откуда Розали знает, что на ней надето.

"Что?" спросил E-Z.

"О, ничего", - ответила Лия.

Снова вернулись в Белую комнату. Розали подумала, что ее блокноту будет лучше лежать в ящике ночного столика.

БИНГО

И они ушли.

БИНГО

Прибыл ужин. Она ела все самое вкусное, но сейчас все, о чем она могла думать, - это клубничный густой коктейль.

БИНГО.

Принесли один, а вместе с ним кусочек лимонного пирога с меренгой.

Именно тогда прибыли Эриель и Рафаэль.

"О, о", - сказала лестница, пока они плыли к ней вниз, выглядя так, будто были одеты на Хэллоуин.

"Я сплю? Или умерла?" спросила Розали.

"Ни то, ни другое", - ответили архангелы.

ГЛАВА 22

ВСТРЕЧА И
ПРИВЕТСТВИЕ

"**А** ты иди и доедай", - сказал Рафаэль.

"Да, нам больше нечем заняться", - ответил Эриел.

Пока они смотрели, как она ест, Розали было трудно жевать. Проблемы с вкусом. И все казалось холоднее. Она посмотрела на книжные полки, на лестницу. Отложив нож и вилку, она почувствовала, что эти двое незнакомцев замышляют недоброе.

"Прежде всего, - начала Эриел, - этот разговор должен остаться между нами и только нами".

Мысленно она обратилась к Лии. "Ты здесь, дитя? Ты слушаешь?"

"...Вымирание".

"Прости, - сказала Розали, - но не могла бы ты начать все сначала, то есть с самого начала? Я уже старая и потеряла представление о том, что ты мне рассказывал".

Эриел хмыкнул. Как маленький мальчик, которого отругали, он раскрыл крылья и полетел прочь. Когда он приблизился к верхней части библиотеки, то скрестил руки и стал ждать. Ждал, когда Рафаэль даст ему шанс.

Рафаэль наклонился ближе к Розали.

"Твои очки очень красивые", - сказала Розали. "Но меня немного укачивает от всей этой крови, которая там пульсирует и плавает".

Эриель рассмеялась.

Рафаэль снял очки и положил их в карманы своей черной мантии.

"Моя дорогая, Розали, - ворковала Рафаэль, - пожалуйста, не обращай внимания на грубость моего ученого друга, но у нас тут такая ситуация. Ситуация, в которой нам нужна не только твоя помощь, но и помощь E-Z, Лии, Альфреда и остальных. Ты знаешь, кого я имею в виду, когда упоминаю остальных, да?"

Розали кивнула, ничего не сказав.

"Мы - команда архангелов, и наши силы ограничены. То, что происходит по всему миру, происходит с душами".

"Ты имеешь в виду, когда люди умирают?" спросила Розали.

"Именно."

"Но разве это не больше твоя сфера, чем наша? Ты разговаривал с Богом - он ведь знает тебя, верно? И если ты пытаешься исправить тяжелую ситуацию, почему бы не спросить его напрямую?"

Поскольку Рафаэль и Эриель молчали, Розали продолжила.

"Насколько я понимаю, как только человек умирает, его тело хоронят. Или кремируют. Их души - если они существуют - продолжают жить в другом месте".

Эриел в считанные секунды оказалась у нее перед лицом и зарычала. "Это неверно.

Рафаэль оттолкнул его в сторону. "Все гораздо сложнее, чем ты думаешь. Слишком сложно для большинства людей, чтобы понять".

"Люди довольно умны", - сказала Розали. "Мы побывали на Луне, изобрели самолет, интернет, огонь. Я не гений, и все же ты привел меня сюда, чтобы убедить".

Эриель снова рассмеялся.

На этот раз Рафаэль не удержалась и тоже засмеялась.

И смеялась. И смеялась.

Оба не могли остановиться.

Розали не обращала на них внимания. Игнорировала то, что происходило вокруг нее. Лестница металась туда-сюда, туда-сюда. Книги выскакивали наружу, а потом снова возвращались внутрь. Это был такой шум. Так шумно. Она снова жаждала тишины своей комнаты.

Анна из "Зеленых фронтонов", подумала она.

БИНГО.

Книга оказалась у нее в руках. Она открыла ее, нашла закладку и стала читать. Если им нужна была ее помощь, то придется потрудиться. Теперь, когда они оскорбили ее и всю человеческую расу, она не собиралась облегчать им задачу.

"Молодец", - прошептала Лия внутри сознания Розали. "Ты здесь главная. А я здесь с И-Зи и Альфредом, и мы тебя прикроем".

Рафаэль и Эриель все еще смеялись. Не контролируя себя. Натыкаясь друг на друга в воздухе, словно скрепленные воздушные шары.

Тут она вспомнила, что ее "Лимонный пирог с меренгой" еще не съеден. Отложив книгу в сторону, она вонзила в него вилку и откусила кусочек. Он был идеальным. Не слишком сладкий и не слишком терпкий, именно такой, каким его готовила ее мама. Она сделала еще один глоток.

Над ней Эриель и Рафаэль бились в истерике.

"Прекратите!" крикнула Розали. "Вы двое - самые грубые, самые несносные твари, которых я когда-либо встречала. А я на своем веку встречала довольно несносных людей". Она отложила вилку. "Тебя что, не учили манерам? Хоть каким-то манерам?" Она подняла вилку и направила ее в их сторону.

Эриел полетел вниз. Он оказался на Розали с открытым ртом за считанные секунды. Она воткнула вилку в лимонный творог, а затем в рот архангела.

"Фууууууу!" - закричал он. Выплюнул, как будто она дала ему мышьяк.

"Мама всегда учила меня делиться", - сказала она с ухмылкой.

Бледность Эриэля сменилась с черной на зеленую. После рвоты он исчез сквозь стену.

"Наверное, он не любитель пирогов?" сказала Розали.

Лия смеялась в сознании Розали.

Рафаэль достала из карманов халата свои очки, почистила их и снова надела на лицо. Она села рядом с Розали. Она была так близко, что почти сидела у нее на коленях.

Бедная Розали.

"МЫ ЗНАЕМ, ЧТО ЕСТЬ И ДРУГИЕ, И НАМ НУЖНО ЗНАТЬ, КТО ОНИ И ГДЕ ОНИ - НЕМЕДЛЕННО!"

Пока она говорила, лицо Рафаэля исказилось, превратившись в неузнаваемое нечто.

Волосы Розали встали дыбом. Ее тело содрогалось.

"Грубые люди никогда не получают того, о чем просят, а ты, моя дорогая, очень грубая. Как и твоя подруга", - прошептала Розали.

Розали вернулась к себе прежней.

Только на этот раз такт архангела изменился. И ее голос был сиропным, когда она сказала,

"Я собираюсь пройти сквозь эту стену и присоединиться к Эриель. Через пять минут мы вернемся и начнем все сначала. Нам нужна твоя помощь - ты прав - и мы просим ее не так, как следовало бы". Затем к женщине в стене: "Установи таймер на пять минут". Затем снова к Розали: "Когда таймер прозвучит, мы вернемся и начнем все сначала". Как и было обещано, Рафаэль двинулся к стене и исчез сквозь нее.

Часы в стене громко тикали. Они казались неуместными. Даже слишком шумными для библиотеки.

"Это очень раздражает!" - сказала лестница, придвигаясь ближе.

"Прости, за весь этот переполох", - сказала Розали. "Мое присутствие здесь не вызвало у вас ничего, кроме хаоса".

"Ты нам нравишься", - сказала лестница. "Почему бы тебе не подвигаться немного? Это поможет тебе почувствовать себя лучше".

Розали встала, ожидая почувствовать усталость после такого обильного ужина. Вместо этого она почувствовала прилив энергии. Особенно ее ноги. Они чувствовали себя так, словно ей снова исполнилось десять лет. Она выполнила прыжки на скакалке. Такое веселье!

"А теперь, - сказала Розали, - ее следующий трюк. Великая бабушка попытается сделать не одно, не два, а три последовательных сальто", - что она и сделала. "Спасибо, спасибо!" - сказала она, кланяясь и размахивая руками, словно выиграла золотую медаль на Олимпийских играх.

БРРРРРРРРРРРРРРРРРРРРРРРРРРРР.

Таймер закончился. Появились Эриель и Рафаэль.

Архангелы были одеты по-разному. Как будто они собирались на две разные вечеринки.

На Эриэле был темный костюм в булавочную полоску, белая рубашка и галстук.

На Рафаэле было красное платье в стиле Муму, которое полностью закрывало ее тело от шеи до пальцев ног.

"Я чувствую себя недостаточно одетой", - сказала Розали.

БИНГО.

Теперь на ней было самое шикарное платье. Именно его она указала, что хочет носить после смерти.

Она опустилась в кресло, устремив взгляд вверх. И архангелы поплыли к ней. Их крылья двигались, как крылья бабочки, когда они приближались к ней с грацией и красотой. Ее глаза заблестели.

"Чем я могу помочь вам, дорогие?" спросила Розали.

Казалось, что теперь они имели над ней власть, которую она не хотела преодолевать. Она опустилась на пол и теперь стояла на коленях перед двумя архангелами. Рафаэль коснулся ее правого плеча, а Эриель - левого.

"Расскажи нам то, что мы должны знать", - ворковали они.

"Остальные разбежались", - сказала она, а затем опустилась на пол, как безвольная марионетка.

"Она слишком стара для этого", - сказал Эриел. "Если она умрет, от нее не будет никакой пользы".

"Продолжай, это работает".

POP.

ПОП.

Появились Хадз и Рейки, каждый шептал в уши Розали. Они помогли ей подняться на ноги.

"Убирайтесь отсюда, вы, два интервента!" надрывным голосом крикнула Эриель,

Розали вышла из транса, в который они ее погрузили.

"Уходите!" воскликнул Рафаэль, но никакого POP не последовало, вместо этого раздался один-единственный звук.

ШЛЕП.

Розали положила руки на бедра: "Надеюсь, ты не причинил вреда этим двум милашкам. На самом деле, если ты хочешь, чтобы я подумала о том, чтобы помочь тебе, то ты должен вернуть их сюда СЕЙЧАС, чтобы я могла убедиться, что с ними все в порядке. Я отказываюсь говорить тебе что-либо еще, пока ты не вернешь их". Она пересекла комнату, села, прислонившись спиной к белой стене, закрыла глаза и стала ждать. У нее был весь день, вся неделя, весь год. Она никуда не спешила и ничего не делала.

РОР.

ПОП.

"Спасибо", - сказали Хадз и Рейки, усаживаясь на плечи Розали.

"Мы все испортили", - сказал Рафаэль. Затем обратился к Хадзу и Рейки: "Вы знаете, в какой ситуации находится Земля, можете ли вы помочь нам обрести помощь этого человека?"

Рейки ответил: "Мы знаем, что ситуация есть! Если бы ты не отказался от сделки с E-Z, Лией и Альфредом, они бы уже были на борту. Розали не доверяет никому из вас".

Хадз сказал: "И ты не был с ней честен".

Хадз сказал: "С людьми доверие и честность - это все".

Эриел бросился к ним.

Рафаэль удержал его, прежде чем она сказала: "С нашей стороны была совершена ошибка, и у этой ошибки есть причина и следствие. Мы пытаемся спасти Землю от сопутствующего ущерба. Единственный способ, которым мы можем это сделать, - призвать тех, кому даны силы, сверхъестественные, супергеройские силы.

Без них человечество потерпит крах - и это будет наша вина".

Розали встала. Она посмотрела на двух маленьких существ, которые сидели у каждого из нее на плече. "Могу ли я доверять этим двоим?"

"Рафаэль заслуживает доверия", - сказал Хадз.

"Но мы не уверены в нем", - сказал Рейки.

ПОП.

ПОП.

Оба исчезли, опасаясь, что Эриел отправит их обратно в шахты.

Эриел поднимался, все выше и выше, а потом исчез сквозь потолок.

Розали сменила тему. "Пока я размышляю, не мог бы ты объяснить, что это за место? Я называю его Белой комнатой, но правильное ли это название - и почему, когда я чего-то желаю, оно появляется? Может быть, она называется Волшебной комнатой?" В этот момент Розали подумала об E-Z, ангеле/парне в инвалидном кресле.

АСК.

Появился E-Z.

"Вау!" - сказал он, поняв, что присоединился к Розали в Белой комнате. Он вспомнил о своих солнцезащитных очках и

ПРЕСТО .

Они были на его лице. Он прошелся по комнате, снова ощущая свои ноги и пол. Затем он протянул руку и сказал: "Ты, должно быть, Розали".

"А ты, должно быть, E-Z, - ответила она, - без своего инвалидного кресла. Это место действительно волшебное!"

"И, привет, Рафаэль".

"Добро пожаловать, E-Z", - сказал Рафаэль. Затем обратился к Розали: "Вот тебе и благоразумие - это должно было быть конфиденциально".

"Какие бы обещания она тебе ни давала, она их нарушит. Она не умеет держать слово - а Эриель еще хуже, как и Офаниэль, - а ты с ней еще даже не знаком. Тем не менее, давая тебе понять, что все они - кучка лжецов".

"Я так и поняла", - признала Розали. "И уехал, Эриел ведет себя как избалованный ребенок".

"Я бы хотел на это посмотреть", - сказал И-Зи. "Звучит очень не по-эриэлевски, но, блин, это было бы потрясающе".

"Хватит этих сердечностей", - сказал Рафаэль. "Похоже, у меня нет выбора, кроме как объяснить ситуацию и тебе". Она топнула ногой, и ее крылья обиженно опустились на бока. Она повернулась лицом к И-Зи и Розали. "Мир нуждается в спасении из-за ошибки с нашей стороны. Ты и остальные хотите помочь нам исправить ситуацию - я имею в виду спасти Землю, - или нет?"

Розали и И-Зи обменялись взглядами.

"Валяйте", - сказала она. "Я согласна с любым твоим решением".

E-Z ответил не сразу.

"Если ты мне все расскажешь, я передам это остальным, и мы проголосуем. Мы же демократическая группа".

"И сколько времени это займет?" насмехался Рафаэль. "И как ты вернешься ко мне? Может, мне держать Розали здесь в качестве пленницы, пока ты не разберешься с этим? Двадцати четырех часов будет достаточно?"

Розали ответила: "Я не против остаться в этой комнате. Здесь много книг для чтения, и я могу заказать все, что захочу. Гораздо интереснее и увлекательнее, чем находиться в доме".

И-Зи кивнул. Обращаясь к Розали, он сказал: "Спасибо, и ты прав, эта комната довольно особенная. Здесь ты будешь в безопасности". Затем Рафаэлю: "Розали не будет твоей пленницей, на самом деле она будет твоей гостьей". С полки слетела книга и приземлилась ему в руку. Это был "Гарри Поттер и Тайная комната".

"Я бы хотела это прочитать", - сказала Розали. Книга покинула руку И-Зи и полетела к Розали. Она поймала ее, открыла и сразу же начала читать.

"Розали будет нашей гостьей", - сказал Рафаэль. "Значит, через двадцать четыре часа?"

"Двадцать четыре часа", - согласился И-Зи.

"Подождите!" - закричал голос. Голос без тела. Голос, который отдавался эхом и эхом. Пока с полки наверху не сорвалась книга. Она падала на пол, пока крылья не вырвались вперед и не спасли ее от перелома спины.

Рафаэль выглядела испуганной из-за голоса. Она попыталась отступить, но что-то удержало ее.

Розали и И-Зи ждали и прислушивались.

"Рафаэль не все тебе рассказал", - сказал громоподобный голос.

Казалось, что воздух вибрирует от каждого слога, но в хорошем, добром и мягком смысле, а не в страшном смысле конца света.

"Расскажи нам", - сказал E-Z.

"Чуть тише", - предложила Розали. "Я хоть и старая, но не глухая, ты же знаешь!"

"Извини", - сказал голос. Он прочистил горло. Затем прошептал: "И-Зи Диккенс, ты помнишь выбор, который мы тебе дали? Два варианта?"

И-Зи помнил их достаточно хорошо. Один из них заключался в том, чтобы навсегда остаться в бункере. Воспоминания о его семье будут крутиться по кругу. Другой - вернуться к жизни с дядей Сэмом.

"Да."

"Расскажи мне, что ты помнишь о выборе?" - спросил голос.

"Они сказали, что я могу остаться в контейнере и заново пережить воспоминания о своей семье по кругу или вернуться к жизни с дядей Сэмом".

"А ловец душ? Что с ним?"

"Ничего", - пожав плечами, признался E-Z.

Голос зарычал - как будто говорить сейчас ему было больно. Полки затряслись, и в воздухе стали беспорядочно появляться и исчезать предметы. Сначала появился гигантский огурец. Зеленый предмет вращался по часовой стрелке, затем против часовой стрелки, а потом исчез.

Затем над ними появился зеркальный шар. Он менял цвета по мере вращения. Когда он стал вращаться слишком быстро, они испугались, что он рухнет на них. Они двинулись в укрытие, но не успели добежать, как шар исчез.

Следом появилась голова клоуна. Она парила перед ними и говорила: "Что такое черное и белое, черное и белое, черное и белое, черное и белое, черное и белое".

"Хватит!" - прогремел голос.

"Мне жаль", - сказал Рафаэль.

"Еще бы!" - затрясся первый голос. Затем тише, мягче, нежнее он сказал: "E-Z и его команда должны знать о Ловцах душ - все. Иначе они не поймут всю сложность прорыва".

Голос сделал паузу на несколько секунд, а затем продолжил: "Ловец душ ловит души, когда человеческое тело умирает. Это бесконечное место упокоения. У всех людей и всех существ есть сосуды, в которые они отправляются. То, что ты назвал бункером, и есть ловец душ. Место отдыха на всю вечность".

"Хорошо", - сказал И-Зи. "Так какое отношение это имеет к концу света?"

"Я хочу увидеть своего ловца душ", - сказала Розали.

"Если ты и твои друзья ничего не сделают, ни у кого не будет Ловца душ. Когда твое тело умрет, ты умрешь. Вот и все. Конец. Твоей душе и душам всех остальных будет некуда идти, а когда душе некуда идти, то у нее нет цели. Нет причин для ее дальнейшего существования. А без душ люди - это просто мясные костюмы".

"Погоди-ка", - сказал И-Зи. "Ты хочешь сказать, что человек, который отвечает за Ловцов душ. Как бы ты их ни называл - генеральный директор, президент, суть ты уловил. Ты хочешь сказать, что они были скомпрометированы?"

Рафаэль открыл рот, чтобы ответить, но E-Z еще не закончил говорить.

"Как вообще работает вся эта штука с ловцами душ? Меня несколько раз вызывали к себе, и я даже не УМЕР. Ты хочешь сказать, что эти, кем бы они ни были, теперь могут по своей прихоти затащить меня в мой Ловец Душ?" Он заколебался: "А что ты знаешь о Чарльзе Диккенсе? Он прибыл в зеркальном контейнере, так что это не ловец душ.

Как его душа попала из одного места в другое? Его воскрешение - это заслуга вас, архангелов?"

Рафаэль подождал, не возникнет ли у него еще вопросов.

Он спросил.

"А что насчет двух моих лучших друзей - ПиДжея и Ардена. Как они вписываются в ситуацию? Они оба в коме. Я хочу вернуть их обратно. Поможет ли помощь тебе, поможет ли она им?"

Голос в стене прогремел в ответ.

"Никто не управляет "Ловцами душ". Это не похоже на компанию, созданную для получения прибыли. Когда кто-то умирает, его душу ловят, и она живет в назначенном Ловце душ".

"Я не понимаю", - сказал E-Z. Затем: "Погоди-ка, неужели кто-то или что-то похитило Ловцов душ? И если ответ положительный, то мне обязательно понадобится больше информации о том, кто они такие, прежде чем мы будем вмешиваться. Если вы, архангелы, не можете победить их, то как же мы сможем?"

Голос в стене сказал Рафаэлю: "Ну что ж, Эриел ошибался, когда говорил, что этот мальчик толстый, как кирпич. Он одолел его одним махом. Молодец, E-Z".

"Спасибо, пожалуй", - сказал он. "Но что именно я сделал правильно?"

Голос продолжил. "Три богини действительно похитили ловцов душ".

E-Z открыл рот, чтобы заговорить, но не успел - голос заговорил снова.

"Чарльз Диккенс прибыл не в ловце душ, как ты подозревал. Кровные родственники имеют власть над временем и пространством. Ты вызвал его. Он пришел, чтобы помочь тебе".

"Я не вызывал его!" заявил И-Зи.

"И все же он вернулся, узнал твое имя и захотел тебе помочь, так ведь?"

E-Z кивнул.

"И на твой последний вопрос: да, жизнь твоих друзей находится под угрозой из-за трех богинь".

"Богини?" повторил E-Z. "Как в греческой мифологии? Они что, настоящие? Я думал, что все эти истории - выдумка".

"Они основаны на исторических фактах", - сказал Рафаэль.

"Мы не можем выступить против команды мифологических богинь!" воскликнул E-Z. "Мы же дети".

"Риск гораздо выше, если ты этого не сделаешь, ведь нам больше некого попросить о помощи. Здесь нет ни Бэтмена, ни Спайдермена, ни Супергероев из реальной жизни. Единственные герои - это вы, дети, сможете ли вы? Поможете ли вы? Мы знаем, как, чтобы решить эту проблему, нам нужны тела, люди на земле. Люди со способностями могут победить. Ты можешь победить это, тварь. Этих тварей. Во-первых, ты можешь их видеть. А мы не можем, - сказал Рафаэль.

"Я знаю, что тебе нужна помощь, но я не вижу, как мы можем спасти положение - только не против могущественных богинь. Да, у нас есть силы, но против чего именно мы выступаем? Чего от нас будут ждать? Какие опасности нам грозят? Ведь ты уже мертв - а мы нет. Если мы поможем - чем это чревато?"

Он заколебался, а когда никто ничего не сказал, продолжил.

"Если мы согласимся, сможешь ли ты защитить моего дядю Сэма, его жену Саманту и малышей? Сможешь ли ты гарантировать, что ПиДжей и Арден не окажутся мертвыми в "Ловцах душ"? А что в этом есть для нас? Ведь мы будем рисковать своими жизнями. Ты не человек, так что тебе нечего терять!"

Розали вмешалась: "И-Зи, я не вижу, чтобы у тебя был выбор. Ты прав, риск будет, а я еще не умерла - но я уже стара, - так что риск для меня не так уж велик. Кроме того, мне нравится идея, что когда моя жизнь закончится, меня будет ждать ловец душ".

И-Зи кивнул. "Я это понимаю. Мысль о том, что мои родители парят где-то рядом. В одиночестве. Бездомные. Лишенные ловца душ. Ну, меня от этого тошнит. Меня это так бесит, что хочется плеваться. Но мне все равно нужно поговорить с остальными, - повторил E-Z, скрещивая ноги. Это было так здорово - уметь делать такие простые вещи, как скрещивание ног.

Ты становишься неплохим оратором, - мысленно сказала ему Лия.

"Спасибо", - ответил он.

"Как и тогда", - сказал голос. "Двадцать четыре часа. А пока Розали останется здесь, с нами".

"Как твоя гостья", - подчеркнул E-Z.

"Со мной все будет в порядке", - сказала Розали. "И я буду поддерживать связь, болтая с Лией. Мы с Лией любим поболтать".

Он кивнул. С Лией, через Лию. E-Z не был уверен, что они знают, а что нет - но он не собирался давать им то, чего у них и так не было.

"Скоро увидимся", - сказал он и помахал рукой на прощание.

Затем он снова оказался в своем инвалидном кресле. Он был лицом к лицу со своими друзьями. Но как он мог им сказать? Как он мог объяснить?

В конце концов, он решил, что лучший выход - рассказать обо всем. Что он и сделал.

ГЛАВА 23
ИЗМЕНЕНИЯ

Хотя новости E-Z были не такими, какие они ожидали услышать, и Альфреду, и Лиа было что сказать в ответ.

"Ну и наглость у них!" воскликнул Альфред. "После того, что они с нами сделали. Я имею в виду давать обещания, потом отказываться от них и менять план игры. Я, например, не доверяю никому из них так далеко, как только могу их закинуть".

"Это очень важно, и это касается наших близких, которые умерли", - сказал E-Z.

"Как это?" спросил Сэм.

"Я не знаю конкретики. Знаю только, что это связано с тремя злыми богинями, чей план состоит в том, чтобы захватить и контролировать всех ловцов душ".

"Это безумие!" сказала Лия. "Зачем они им нужны? Зачем идти на все эти неприятности? Что им за это будет?"

"Подожди", - сказал И-Зи. "Я расскажу тебе все, что они мне сказали. Имей в виду, что они тоже не знают наверняка".

"В общем, так. Они - мифологические богини, которых вернули к жизни. Их цель - контролировать ловцов душ - любыми способами.

"И способ, который они выбрали для этого, - убивать людей. Людей, которые не должны были умирать! А потом они помещают их в захваченные ими Ловцы душ. От людей, которые в них нуждаются. Так что их душам некуда деваться".

"Я все еще не понимаю этого", - сказала Лия.

"Подумай об этом так. Лия, ты, Альфред и я уже побывали в наших Ловцах душ. Немногих пускают туда до того, как они умрут. Я имею в виду, кто бы хотел им стать?"

"Согласен", - сказал Альфред.

"Тоже согласен", - сказала Лия.

"Но что, если я скажу тебе прямо сейчас, что твой Ловец Душ был заполнен кем-то другим - и поэтому он больше не твой?"

"Люди даже не знают о ловцах душ!" воскликнул Альфред. "Большинство думает, что их души отправляются на небеса (или, если совсем плохо, в злачное место). Если бы они знали, то расстроились бы из-за этого. Но они не знают".

"Да, ты не можешь тосковать по тому, о чем ничего не знаешь", - сказал Сэм. "Также ты не можешь бороться за то, о чем не знаешь".

"Они сказали мне, что души моих родителей могут прямо сейчас парить где-то рядом, бездомные. Это сильно задело меня".

"Именно поэтому они и рассказали тебе!" сказал Сэм. "Это откровенная манипуляция".

"Нет, это эмоциональный шантаж", - сказал Альфред. "Но я понимаю, почему они так сказали. Если бы они сказали мне то же самое о моей семье, я бы захотел поучаствовать. Я хочу сражаться с этими богинями. Если бы я был вспыльчивым, то сразу бы действовал, основываясь на своих эмоциях. Но здесь нам нужно быть логичными. Мы должны сохранять ровную голову".

"Кто вообще такие эти богини? Что мы о них знаем?" спросила Лия.

"И уверены ли мы, что архангелы на правильной стороне этого дела?" поинтересовался Сэм.

"Они сказали, что ошибка с их стороны привела к тому, что это вообще произошло - но они не сказали мне, как именно это произошло и почему. И они были не в том настроении, чтобы на них давили в поисках информации - больше, чем я уже смог из них вытянуть. Кроме того, у них есть Розали, а наше время для принятия решения истекает".

"Именно", - сказала Лия. "И все же, как мы можем принять решение, когда мы даже не знаем, с чем столкнулись? Они знают, что мы дети. Да, у каждого из нас есть уникальные способности - но достаточно ли их? Если архангелы сами не могут справиться с этой ситуацией... почему они знают, что мы сможем?"

"Этого я не могу сказать. Но я надавил на них, чтобы они рассказали мне больше. Если бы не голос в стене - они бы не рассказали мне столько, сколько я узнал".

"Как они смеют скрывать от нас информацию!" воскликнул Альфред.

"Я объяснил то, что знаю. Их трое. Они богини - мифологические существа, которые, как я думал, не существуют".

"Мы можем узнать все, что нам нужно знать, чтобы вооружиться против них, в Интернете", - сказал Сэм. "Но это займет некоторое время". Он заколебался. "Однако я не думаю, что нам сильно повезет в поисках информации о Ловцах душ".

"Я уже пытался и ничего не смог найти".

"Когда ты впервые услышал о них?" поинтересовался Сэм.

"Голос в стене намекнул, что мне рассказывали о них раньше, но каждый раз, когда я пытаюсь вспомнить, мне кажется, что стена блокирует информацию".

"Ого! Со мной происходит точно такая же вещь", - сказала Лия. "Это так странно".

E-Z взглянул на время на своем телефоне. "Что ж, я дал вам всем много поводов для размышлений. У нас есть время до утра, чтобы принять твердое решение... но я не думаю, что у нас есть какой-то другой выбор, кроме как согласиться помочь им. Ведь если не мы, то кто?"

"Я думал о том же", - сказал Альфред. "Но мне все равно не нравится, как они к этому подошли".

"Мне тоже", - сказала Лия. "Я пошла спать. Всем спокойной ночи. Увидимся утром". Она закрыла за собой дверь.

"Тебе что-нибудь нужно?" спросил Сэм.

"Нет, у меня все хорошо. Спокойной ночи, дядя Сэм".

"Спокойной ночи, И-Зи. Должен сказать тебе, как я горжусь тобой и как гордились бы твои родители".

"Спасибо".

"И спокойной ночи, Альфред", - сказал Сэм, открывая дверь.

"Спокойной ночи", - ответил Альфред, после чего устроился, положив голову под крыло, и задремал.

E-Z, не в силах уснуть, уставился в потолок, заложив руки за голову. Он сделал несколько приседаний, затем повернулся на бок, надеясь задремать. Вместо этого он заметил два огонька, зеленый и желтый, плывущие к нему.

"Ты проснулся?" спросил Хадз.

"Нет", - с ухмылкой ответил E-Z, садясь.

"Мы не должны с тобой разговаривать", - сказал Рейки, - "но мы должны с тобой поговорить, поэтому тебе нужно угадать, что мы не должны тебе говорить".

"Угадать? Серьезно? Вы можете дать мне подсказку... ну, знаешь, сузить поле для меня, хотя бы немного?"

Ангелы перешептывались между собой. Казалось, они были не согласны, так как Хадз полетел в один конец комнаты, а Рейки - в другой.

"Кей, я пошел спать. Когда разберешься, расскажешь мне утром".

Он задремал, а потом проснулся. Он был в своем кресле и парил по небу. Он застегнул ремень безопасности. "Что за?"

"Мы решили, что не можем сузить поле для тебя. Или сказать тебе то, что тебе нужно знать. Чтобы принять взвешенное решение... Вместо этого мы покажем тебе. Так что следуй за нами".

Когда облака пронеслись мимо, и чистый, но прохладный ночной воздух наполнил его легкие, E-Z почувствовал себя более живым, чем когда-либо за последнее время. В каком-то смысле он скучал по тому, что его вызывают на испытания, чтобы помочь и спасти людей, попавших в беду.

С тех пор как он перестал работать с Эриэлем, он не чувствовал себя супергероем. Правда, он спас кошку, которая застряла на дереве. И не дал бейсбольному мячу разбить ценное витражное окно в церкви.

Но большую часть своей повседневной жизни он думал о будущем. Планировал закончить среднюю школу в наилучшем положении, чтобы получить стипендию. В лучший колледж или университет, который он мог бы получить.

Дядя Сэм и Саманта планировали появление нового ребенка. Они держали в секрете, кто будет ребенком - мальчик или девочка, и никого не пускали в новую комнату малыша. И-Зи думал, что это странно - быть пятнадцатилетним и скоро стать дядей, но он с нетерпением ждал этого.

А Лия, она хорошо училась в школе, вписываясь в коллектив, несмотря на то, что за сравнительно короткий промежуток времени в два прыжка преодолела расстояние от семи до двенадцати лет. Все, что ее старило, казалось, остановилось, и теперь казалось, что она влюбилась в ПиДжея. Она определенно взрослела, и он улыбнулся, подумав о том, какой властной она стала. Это напомнило ему о единорожке Литтл Доррит. Они не видели ее со времен испытаний. Может быть, архангелы послали ее помочь Лии, когда они все были связаны. Потом был приезд его кузена Чарльза Диккенса. А ПиДжей и Арден застряли в коме - и никто не знал, как их из нее вытащить. Альфред держал себя в напряжении, по дому. С тех пор как он приехал, дяде Сэму не нужно было так часто стричь траву.

Он снова вспомнил о двух судебных процессах, в которых нашел сходство. Одно с девушкой, наряженной в костюм персонажа многопользовательской игры. Другое - с мальчиком, которому сказали убить E-Z, чтобы спасти жизнь своей семьи. Они были связаны. Эриель был прав. Ему просто нужно было понять, что именно это значит.

"Мы уже почти пришли?" - спросил он, заметив, как похолодало. Они двигались быстро, приближаясь к Национальному парку Долина Смерти в пустыне Мохаве. Был декабрь, один из самых холодных месяцев в году для ночной пустыни, и он пожалел, что не взял с собой толстовку. Было так темно, что звезды казались в миллион раз ярче. Словно глаза в небе, между которыми едва хватало пальца, или так казалось.

Ангелы-тренажеры не ответили. Они снизились на несколько футов, а затем продолжили лететь вперед на полной скорости.

"Отлично!" - сказал он. "Дай мне знать, когда мы приземлимся. Как бы я хотел, чтобы у меня был туристический агент, который рассказал бы мне, что именно я вижу".

"Используй свой телефон", - шепнули Лия и Альфред. Затем они замолчали.

Они летели дальше, над Badwater Basin, самой низкой точкой в Северной Америке. Она была так названа, поскольку вода здесь плохая - то есть непригодная для питья из-за избытка солей. Но некоторые представители дикой природы и растительного мира могут процветать в этой местности, например огуречная водоросль, насекомые и улитки.

Они углубились в Долину Смерти, а E-Z в это время любовался местностью и старался не думать о том, как его мучает жажда.

"Мы уже приехали?" - снова спросил он, когда над его головой пролетела черная птица, сбросив кучу какашек, прежде чем продолжить свой путь. "Добро пожаловать в Долину Смерти", - сказал он, вытирая ее тыльной стороной рукава. Он поспешил дальше, чтобы догнать Хадза и Рейки.

ГЛАВА 24

ДОЛИНА СМЕРТИ, США

"Поторопись!" сказали Хадз и Рейки. "Мы почти добрались до Риолайта".

Он протолкался вперед, догоняя их. "А что именно находится в Риолите?"

"Немного предыстории", - сказал Хадз. "Если только ты уже не слышал об этом?"

И-Зи покачал головой. О Большом каньоне он узнал в школе, в основном о том, как он образовался.

Хадз продолжил: "Риолит когда-то был процветающим городом во время Золотой лихорадки в 1904 году. Но просуществовал он недолго: в 1924 году умер последний житель, и он превратился в город-призрак".

"Что означает слово Rhyolite?"

Рейки ответил: "Это кислая вулканическая порода - лавовая форма гранита. Название ей дал

СУПЕРГЕРОЙ E-Z ДИККЕНС КНИГА ТРЕТЬЯ:

геолог по имени Фердинанд фон Рихтхофен в 1860 году. Ее происхождение - греческое, от слова rhyax, что означает поток лавы".

"Значит, в городе была большая золотая лихорадка, и они назвали его в честь вулканической породы?" Он заколебался. "Кажется, я помню что-то из уроков о действии вулканов".

"Все верно", - сказал Хадз. "Датируется двумя миллионами лет назад".

"Итак, этот урок интересен и все такое - но я все еще не понимаю, почему мы направляемся в Риолит".

Рейки пробурчал: "Потому что это штаб-квартира отступников".

"Тех, кто борется за контроль над Ловцами душ".

"Кто они такие и как мы можем их остановить? Под "мы" я подразумеваю нас, Тройку. Потому что Эриель и Рафаэль удерживают Розали, и, кстати, время на исходе. Они дали нам всего двадцать четыре часа, чтобы вернуться к ним".

"Тссс", - сказал Хадз. "У них необыкновенный слух, и ветер может донести наши голоса до них шепотом. С этого момента мы будем говорить только разумом".

И-Зи спросил, используя свой разум: "Что будет, если они узнают, что мы здесь? Я имею в виду, не смогут ли они нас увидеть?".

"Мы с Хадзом не люди, поэтому мы вне их поля зрения. А вот ты - нет, поэтому мы и закрыли тебя щитом".

"Отлично! Вокруг меня есть невидимый защитный щит - это полезная информация для меня".

Вдалеке виднелись Черные горы. "Могу поспорить, что когда солнце испепеляет жаром эти горы, на них можно поджарить яичницу". Он заколебался: "А как же та птица, которая нагадила на меня? Могли ли злодеи послать ее на поиски нас?"

Хадз и Рейки покачали головами. "Мы видели птицу. Это был ворон - известный как носитель посланий с небес".

"Ладно, справедливо. Я не думал, что она похожа на ворона. Расскажи мне, что это такое, что похитило ловцов душ и что нам придется сделать, чтобы победить их". Он заколебался: "И как это связано с реинкарнацией в молодого мальчика Чарльза Диккенса". Он снова заколебался. "А еще, получит ли Лия транспорт? Вернется ли единорог Литтл Доррит, если/когда мы согласимся помочь тебе?" Это было много разговоров. Ему захотелось пить, и он пожалел, что не взял с собой бутылку воды.

POP.

Одна появилась. Он выпил ее обратно, не сказав никому "Спасибо".

Рейки спросил: "Ты когда-нибудь слышал об Эриниях?".

E-Z покачал головой.

"Также известны как Фурии", - сказал Хадз.

"Я понятия не имею, что это такое... но у меня есть смутное воспоминание о чем-то из игры, может быть?"

"Они известны под общим названием "Богини мести"".

"Расскажи мне больше. Кому они мстят?"

"Почему, всей человеческой расе!" Хадз хмыкнул.

"Мы с друзьями говорили об этом раньше. Большинство людей не знают о Ловцах душ. Большинство верит, что у нас есть души. Души, которые попадают либо в рай, либо в ад - в зависимости от того, какой выбор мы делаем в своей жизни".

"Да, мы знаем об этом", - сказал Хадз.

"Тогда скажи мне", - попросил E-Z. "Где во всем этом Бог? Бог или Иисус, Аллах, Будда... как бы ты его ни называл. Где он?"

Хадз и Рейки уставились вперед, не отвечая.

"Ладно, я понял, что ты не можешь ответить на этот вопрос. Вместо этого ответьте мне на этот. Почему богини наказывают людей, используя то, о чем они даже не подозревают? Я понимаю, что они злые, но тем не менее это звучит нелепо".

"Дети", - сказал Хадз.

"Они наказывают безнаказанных. Но..."

"А, я ждал "но"... Продолжай".

"Фурии злоупотребляют своей силой. Переходят границы. Они нападают на невинных. Невинных детей, которые играют в игру".

"Подожди, ты хочешь сказать, что детей, играющих в игры, наказывают за то, что они делают в игре? Но ведь игра - это не реальность! Как они могут быть наказаны в реальной жизни за то, чего нет?"

"Я знаю это, и ты это знаешь, но для Фурии это все равно. Если в игре тебе нужно кого-то убить, ты проходишь через тот же мыслительный процесс, что и убийца. Он включает в себя планирование, намерение убить, а затем доведение дела до конца. В некоторых случаях речь идет о массовых убийствах. И да, это невинные дети, и их просят совершить эти действия, чтобы пройти дальше в игре. Для Фурий дети - это безнаказанные, и они - честная игра, когда находятся внутри игры".

"Подожди-ка!" воскликнул E-Z. "Что именно ты здесь говоришь? Кажется, я уловил суть, как Ловцы душ вписываются в игру, но идея настолько злая... что я не хочу даже думать об этом, не говоря уже о том, чтобы говорить".

"Фурии мстят игрокам. Тем, кто согрешил в своем сердце", - сказал Рейки. "Им не суждено умереть! Их ловцы душ не готовы принять их души, и поэтому..."

"Им некуда идти", - сказал Хадз.

"И Фурии собирают их здесь, создавая свое собственное племя Душ. Они хранят души детей в украденных Ловцах Душ".

"Это создает хаос", - сказал Хадз.

"Так что вы, дети, должны помочь".

"Подожди-ка!" сказал E-Z. "Погоди, черт возьми, погоди!"

ГЛАВА 25
ЧЕТЫРЕ ГЛАЗА

"О, о", - закричал Хадз, когда темное облако быстро пронеслось по небу и направилось в их сторону.

"Они не могли пробить защитный щит!" воскликнул Рейки.

И-Зи оглянулся через плечо. Он увидел черное нечто, которое не было облаком. Ибо оно было змееподобным. С вилообразным языком, лижущим воздух. Вместо двух глаз у него было множество глаз. Слишком много, чтобы их можно было сосчитать. Из каждого стекала кровь. Кровь и бурлящий желтый гной.

Язык твари двигался справа налево. Язык издавал хлесткий звук, а челюсти щелкали и закрывались. А из горла вырывался скрежещущий звук, который чередовался между визгом и жужжанием.

Когда ветер стих, воздух наполнился отвратительным зловонием, которое вскоре достигло ноздрей И-Зи, Хадза и Рейки.

Запах был самым отвратительным. Хуже, чем сера. Или тухлых яиц. Более отвратительный, чем септическая жидкость и гниющие трупы вместе взятые.

Трио поднялось выше, так что они смогли увидеть за хребтом, которого раньше не замечали. За ним находились серебряные контейнеры. Ловцы душ. Насколько хватало глаз.

"Так много! Неужели все они заполнены детьми? О, нет!" E-Зи сказал это с гнусавой интонацией, так как все еще затыкал нос. Хотя он все еще чувствовал зловоние.

ПТУШНИКИ.

Они увернулись от брызг орошающего желтого гноя.

"Что это за хрень?" воскликнул E-Z.

Внизу виднелось гигантское глазное яблоко. Оно было закрыто. Замаскировано.

ПТУЭЙ. ПТУЭЙ. ПТУЭЙ.

"О нет!" воскликнул E-Z. "Глазные козявки!"

Оно выстрелило в них, выпустив свою горячую, липкую жидкость.

"Держитесь!" крикнули Хадз и Рейки.

Каждый схватился за одно из ушей E-Z.

"А-а-а-а!" - закричал он.

ПТУ.

E-Z увернулся от козявки, но она чуть не угодила в его инвалидное кресло.

ФИЗЗЛ.

ПОП.

ПОП.

E-Z снова оказался в своей кровати. По его лбу стекали бисеринки пота.

Тем временем Альфред продолжал похрапывать на краю кровати.

"Это было слишком близко для комфорта!" сказал E-Z. "Они пробили защитный экран? Видели ли они нас? Знают ли они, кто я такой, где живу?"

"Нет, мы выбрались оттуда раньше, чем они смогли пробиться", - сказал Рейки.

"Может быть, это глупый вопрос, но почему ты с самого начала просто не ввел нас туда и не вывел. Вместо того чтобы тратить время на полет туда - и подвергать наши жизни опасности?"

"Мы должны были показать тебе ШОУ".

"Перед битвой... Как вы это называете..."

"Ты имеешь в виду разведку?" спросил E-Z.

"Да, именно так. Мы должны были показать тебе. Ты должен был увидеть это своими глазами. Всё. То, с чем ты столкнулся", - сказал Хадз.

"Мы решили, что то, что ты узнаешь, будет стоить риска".

"Думаю, время покажет", - сказал E-Z.

"Прости, если мы зашли слишком далеко", - сказал Хадз.

"Мы действительно преследовали твои интересы".

"Я знаю, что так и было. И я рад, что увидел "Ловцов душ". Сколько их было - это действительно потрясло меня".

"Да, нас это тоже потрясло. И можешь быть уверен, что архангелов это тоже шокировало. Когда они впервые увидели это".

"Тебе не стоило этого говорить", - сказал Рейки.

ПОП.

Хадз исчез.

"О, теперь все в порядке", - сказал E-Z.

"Не бери в голову".

"Я все еще не могу понять, чего добиваются "Фурии"? Какова их конечная цель? Кто-нибудь уже догадался?"

"С каждым днем их становится все больше. Все больше детей играют в игры, втягиваясь в их паутину".

"Но почему нет общественного резонанса? Разве мы не должны рассказать об этом мировым лидерам, президентам, премьер-министрам? Разве они ничего не могут сделать?".

"Подумай сам, что первое, что они сделают? Они бы послали армию. Погибло бы еще больше людей. Еще больше ловцов душ, которые потребуются раньше своего времени".

"Гейминг, судя по тому, что мы наблюдали, - это всемирное явление. Злые сестры забирают души ничего не подозревающих детей".

"Но у большинства лидеров есть собственные дети", - сказал E-Z. "Конечно, если бы они знали, то захотели бы защитить своих детей, да и других тоже".

"Скорее, фурии нацелились бы на их детей. Это было бы все равно что болтаться перед ними с палкой", - сказал Рейки.

ПОП.

Хадз вернулся.

"Им бы понравилось, если бы они могли уничтожать детей великих и могущественных. Сейчас то, что они, похоже, делают, носит случайный характер - выбирают в рамках игры", - сказал Рейки.

"Расскажи мне больше из того, что ты о них знаешь". попросил И-Зи.

Хадз прошептал: "Их зовут Алли, Мэг и Тиси. Алли мстит за гнев, Мэг - за ревность, а Тиси известна как мстительница".

"Так, а почему они так плохо пахнут? И как их троих можно победить?" спросил E-Z, глядя на часы. Было уже без малого восемь утра. Ему нужно было поговорить с остальными членами банды, чтобы вернуть Розали. Как он собирался рассказать им об этом ужасном трио и обо всех детях в этих Ловцах душ?

"Легенда гласит, что в прошлом они были наказаны за то, что выполняли свою работу. Теперь они нашли эту лазейку с помощью виртуальной реальности, нового изобретения человечества". Хадз заколебался. "Почему люди никогда не хотят жить в настоящем? Почему они должны убегать и играть в глупые игры, которые ставят их жизнь под угрозу?" Подражающий ангел был краснолицым и крайне раздраженным".

Рейки попытался утешить своего друга, сказав: "Они не ведают, что творят".

"Незнание - не оправдание", - сказал E-Z. "Нам нужно отправить их туда, где они были до изобретения VR. И нам нужно, чтобы они вернули души детей, которых они похитили под ложным предлогом. Единственное, КАК нам убедить их в том, что они поступают неправильно? Что они крадут жизни и наказывают людей за мысли, а не за поступки?

"Теперь, когда я мельком взглянул на "Фурий", я знаю, что мы должны помочь тебе как никогда раньше. Но мне еще нужно убедить остальных. Даже если они согласятся, мы все равно будем бороться против всех. Я хочу быть позитивным. Сказать, что мы справимся с задачей. Но мы не будем знать наверняка, пока не придет время сражаться".

Он ударил кулаком по подушке и держал ее на коленях. "Погоди-ка, они что, умерли? Я имею в виду, удалось ли фуриям сбежать от своих собственных ловцов душ? И если да, то как? Кто помог им выбраться?"

Хадз посмотрел на Рейки, Рейки посмотрел на Хадза.

ПОП.

ПОП.

Их не было.

"Отлично!" сказал E-Z. "Просто чертовски фантастично!"

ГЛАВА 26
БАЛАНС

Хотя он и пытался уснуть, E-Z не мог. Он продолжал думать, задавая себе вопросы. Вопросы, на которые он не мог ответить.

Поэтому он встал с кровати, залез в компьютер и начал копать.

Вскоре он наткнулся на золото. Когда он нашел связь между фуриями и тремя грациями. Они казались инь и янь друг друга. Одна добрая, другая злая. Ему стало интересно, смогут ли они использовать эту информацию в своих интересах. Если злые богини могут быть доставлены на землю, то можно ли призвать обратно и добрых богинь?

Сначала он предложил архангелам вернуть их обратно - при условии, что они смогут это сделать. Он хотел знать, что именно могут принести Грации.

Да, они были богинями. Дочери Зевса, который был богом неба. Их сила была направлена на очарование, красоту и творчество. Он читал дальше, но не мог понять, чем они могут помочь в борьбе с фуриями.

Тем не менее, у него было немного времени, поэтому он продолжил чтение. Он прочитал какой-то текст, приписываемый Ницше. Его теории о добре и зле до сих пор обсуждались и дебатировались на форумах.

Затем в его голове всплыло воспоминание. Это происходило все реже, к нему возвращались воспоминания о родителях. Он надеялся, что они никогда не прекратятся.

Это был разговор с отцом. О третьем законе Ньютона. Они взяли лодку и занимались рыбалкой.

"Это то, как рыба движется по воде", - объяснил отец.

С тех пор он узнал об этом больше из школы. Ему казалось, что Ньютон и Ницше могли бы вести довольно интересные беседы. Но их жизни разделяли тысячи лет.

И тут его осенило. Он, Лия и Альфред были полярной противоположностью "Фурий".

Неужели архангелы уже знали об этом? Может, поэтому они так настаивали на том, что только он и его команда смогут победить Фурию?

Однако в голове у него постоянно крутился вопрос: смогут ли они победить?

Возможно ли вообще остановить Фурий?

Он должен был обсудить это с остальными.

Он выключил компьютер и вернулся к себе, чтобы уснуть до того, как проснутся остальные.

Все ожидали, что у него есть ответы на все вопросы. У него их не было, но он делал все, что мог. С тех пор как он стал лидером, жизнь была именно такой.

ГЛАВА 27
КРАСНАЯ КОМНАТА

E-Z находился в красной комнате. В комнате, где пахло кровью. Сильный запах железа больно ударил ему в нос, и он прикрыл его рукой, а затем прошел вперед несколько шагов. Его шаги оставляли следы на окровавленном полу. Где он находился? В аду? По крайней мере, здесь у него была возможность бежать, но куда? Здесь не было дверей. Ни окон. Никакого света, и все же он мог видеть, что все вокруг красное. И мокрое.

Он достал свой телефон и нажал на приложение фонарика. С помощью луча фонарика он проследил за стенами вокруг себя. Все они были одинаковыми. Кровавые и капающие. И вонючие. Он ждал. Звать на помощь не казалось ему разумным. Возможно, ему было бы лучше, если бы то, что привело его в это место, не пришло встретиться с ним. Лучше бы он их не встречал.

Луч фонарика погас, и телефон разрядился. Боясь пошевелиться, он замер на месте и прислушался.

Что-то ползло. Скользящее, по полу. Один спускается по стене справа, другой - слева. Три. Змеи.

Затем воздух в комнате сместился, и появился знакомый запах. Гниения. Едкий. Сернистый. Гниющая тушонка.

Он прикрыл нос. Как и раньше, это не помогло скрыть отвратительную вонь.

Он подождал.

Значит, они хотели, чтобы он остался один. Он был у них. Он позаботится о том, чтобы они пожалели об этом, если это будет последнее, что он сделает в своей жизни.

"Мы можем съесть тебя на завтрак", - крикнула Тизи.

"Или на обед", - сказал Алли. "Я все-таки немного проголодалась".

"Или послеобеденный чай, его много не бывает. Не на троих же нам его делить", - сказала Мэг.

И-Зи всеми фибрами своего существа сосредоточился на крыльях. Они были его единственной надеждой на спасение, и они были бесполезны.

"Смотри!" вскричала Мэг. "Он пытается использовать свои маленькие крылышки".

Тиси и Алли подняли себя. Мэг присоединилась к ним, когда они зависли прямо за пределами его досягаемости.

Под его ногами пол кряхтел и грохотал. Словно он собирался разверзнуться и поглотить его. Он отступил назад, чтобы опереться о стену. Но когда он дотронулся до нее, его рубашка показалась ему мокрой. А когда он положил на нее руку, она снова оказалась вся в крови.

"Я не боюсь вас, три суки!" - крикнул он.

"Может быть, ты не боишься нас - пока..." взвизгнула Мэг.

"Но очень скоро испугаешься", - шипела Тиси.

"Пока что ты можешь разобраться с этими тремя", - прошептала Мэг, ее дурное дыхание едва не вызвало у него рвоту.

Три змеи, пользуясь преимуществом высоты, бросились к нему. Их вильчатые языки шипели и плевались. Затем они начали обвиваться друг вокруг друга. Соединяясь, переплетаясь. Пока не превратились в одну гигантскую змею с тремя головами и тремя хлыстами. Хлысты, которые щелкали в сторону E-Z, чтобы удержать его на месте.

Он оттолкнулся еще дальше назад. Слышать хлюпающую кровь позади себя как-то успокаивало его. Его тело расслабилось, когда его спина опустилась в угол к окровавленной капающей стене.

"Посмотри на него", - сказал Тиси. "Он всего лишь мальчик и никому не сделал ничего плохого. На самом деле он такой хороший-хороший, жаль, что нам приходится его уничтожать".

"Да, его сердце чистое", - сказала Мэг. "Но на его сердце есть черное пятно. Пятно мести, которое он хотел бы отомстить тем, кто виновен в смерти его родителей".

"Не говори о моих родителях!" крикнул И-Зи, вжимаясь все дальше в кровавую стену. Ему было страшно. Боялся, что то, что они говорили, было правдой. Он закрыл глаза. Если он не сможет их увидеть, то, может быть, они уйдут. Затем что-то позади него поддалось. И он отправился в свободное падение, назад. Кувыркаясь. Падая.

THUMP

Он приземлился в свое кресло-каталку, и они полетели.

Вернувшись в Красную комнату, Фурии были в ярости!

"Идите за ним!" крикнула Тиси.

"Держите его!" кричала Мэг.

"Слишком поздно!" сказала Алли. "Он словно испарился!"

"Давайте вернемся в Долину Смерти", - сказала Мэг. Они ушли, оставив "Красную комнату" пустой. Но их вонь все еще оставалась.

ТХУМП.

"У тебя кровотечение", - сказал Сэм. "Давай отнесем его в ванную. Мы сможем увидеть, насколько сильно он ранен". Сэм подтолкнул инвалидное кресло к двери.

"Нет, стой!" сказал И-Зи. "Я в порядке. Кровь не моя. Но мне нужно привести себя в порядок. Чтобы смыть с себя вонь. Потом я объясню, что произошло. Обещаю."

"Пока ты уверен, что с тобой все в порядке", - сказал Сэм.

После его ухода Сэм, Лия и Альфред не могли придумать, что сказать друг другу. Они молча ждали его возвращения.

В ванной комнате И-Зи установил свою инвалидную коляску на пандус. Когда они перестраивали дом, дядя Сэм придумал для него новый душ. Это давало ему больше независимости. И это было весело! Похоже на автомойку.

Он тянулся вверх и продевал руки и шею через ремни. Он нажал на кнопку, чтобы двигаться вперед, и его кресло последовало за ним. Тут же начала поступать вода. Одновременно очищая его тело и одежду. Время от времени выплескивался гель для душа или шампунь, а затем вода смывала их.

Теперь, когда он был чист, он продолжил движение вперед и запустил механизм сушки. Он высушил его и одежду и за считанные минуты избавил их от морщин.

Дойдя до конца, он отсоединился от ремней и опустился в кресло. Он осмотрел себя в зеркале. Его волосы уже выглядели так хорошо, что ему даже не пришлось их расчесывать. Он направился обратно в свою комнату. Когда он увидел своих друзей, его желудок заурчал, и его вырвало.

"Прости меня", - сказал он. "Очень жаль".

Лия и Альфред обняли его. Они не беспокоились о рвоте. Преданные друзья не беспокоятся о таких вещах.

Сэм пошел за миской и водой, чтобы отмыть племянника.

И-Зи был благодарен за помощь, и это дало ему время подумать о том, что и как он собирается сказать.

"Спасибо, дядя Сэм. Э-э, что я должен тебе сказать. Это не очень красиво".

"Продолжай", - сказал Альфред.

"Мы здесь ради тебя", - сказала Лия.

"Присаживайся, дядя Сэм".

Они перечислили все, не говоря ни слова.

"Я в деле", - сказал Альфред.

"Я тоже", - сказала Лия.

"Я третий", - сказал Сэм.

"Согласен", - сказал E-Z. И через секунду он уже возвращался в белую комнату. Или он надеялся, что именно туда и направится.

Любое место было лучше, чем красная комната. Да и вообще куда угодно.

ГЛАВА 28
БЕЛАЯ КОМНАТА

Б елая комната казалась какой-то другой, когда его ноги касались земли.

E-Z чувствовал себя таким счастливым, что снова оказался в комфортной белой комнате. Где он мог ходить. Трогать книги. Чувствовать запах книг. Но что-то казалось странным. Непонятное.

Он взял себя в руки. Заметил, что его руки дрожат. Его колени дрожали. Теперь у него стучали зубы.

Он обхватил себя руками, жалея, что не взял с собой куртку. Он ждал, ожидая, что она вот-вот появится. Но его не было.

"Что это за место?" - спросил он.

Ответа не последовало.

"Чизбургер с картошкой фри", - сказал он.

Ничего.

"Chop suey, с яичным рулетом", - сказал он уже более авторитетно.

"Я требую знать, где я нахожусь!" - крикнул он.

Ничего.

Нада.

"Розали?" - позвал он. "Ты здесь? Эриель? Рафаэль? Кто-нибудь? Хадз? Рейки?"

И снова ничего.

Даже вежливого PFFT, чтобы заставить его расслабиться.

Знакомые книги были единственными якорями, удерживающими его в этом месте. Он добрался до лестницы и передвинул ее под Ds. Ожидая найти Чарльза Диккенса, он начал подниматься. Вместо этого он обнаружил, что каждая книга, к которой он прикасался, была связана с игровым миром.

Что за?

И ни у одной из книг не было крыльев. Все они были совершенно новыми. Как будто никто не открывал их раньше.

Он чуть не свалился с лестницы, когда голос произнес,

"И-3 Диккенс - это не та белая комната, с которой ты знаком. Это ее копия. Тебя отправили сюда для исследования. Все книги, которые тебе нужны, находятся у тебя под рукой. Каждая книга должна быть прочитана и просмотрена полностью".

"Я не смогу прочитать все эти книги быстро; мне потребуются годы, чтобы пройти через все эти книги!"

"Именно поэтому тебе будет дана дополнительная сила. Сила, которая будет реализовываться только в стенах этой комнаты. Читай сейчас. Быстро. Яростно. Запоминай все".

Когда этот голос закончился, начался другой,

"Десять, девять, восемь, семь, шесть, пять, четыре, три, два, один. А теперь читай E-Z Диккенса. Приступай к этому".

E-Z пролистал все книги.

Когда он заканчивал одну, в его руки тут же попадала другая. Потом еще одна, и еще.

Он прочитал их все, пока не смог больше читать.

Он надеялся, что его голова не взорвется!

Тогда он привалился к стене, забился в угол и зарыдал, пока в его голове формировался план.

Идея пришла к нему, когда он подумал о ПиДжее и Ардене. Почему "Фурии" погрузили их в кому, а не в "Ловцов душ"? Они были в игре - они постоянно играли в игры, почему бы не убить их?

План выглядел следующим образом: Он и его команда придумали бы свою собственную многопользовательскую игру. Сэм знал бы людей, которые могли бы помочь в этой индустрии. Когда "Фурии" прилетят за их душами - они их уничтожат.

Он жалел, что Арден и ПиДжей не были с ним в игре - ведь они бы его прикрыли. Все было в порядке, он прикрывал их спины. Он собирался спасти их и освободить.

Он расхаживал взад-вперед, обдумывая все это. Один аспект не сработал бы. Если он вовлечет его в игру и откажется убивать - они будут следить за ним. И это может подвергнуть опасности других.

Он же не мог сказать всем игрокам в мире, чтобы они перестали играть. Если бы он рассказал им правду, о том, что три богини пытаются украсть их души, они бы заперли его.

Тем не менее это была единственная идея. Единственный ясный путь, который он мог видеть, чтобы победить Фурий в их собственной игре.

Смирившись с тем, что он не может придумать ничего лучше, он сказал: "Вытащи меня оттуда".

И вот так он остался один в настоящей белой комнате с Розали и Рафаэлем. Ему было интересно, где Эриель, не то чтобы он скучал по нему.

"Ладно, у меня есть идея. Что-то вроде плана", - сказал он. "Но я не уверен, что он сработает. Мне нужны ответы на два вопроса. И у меня есть просьба по третьему - просьба не обсуждается".

"Спрашивай", - сказал Рафаэль.

"Первый: смогу ли я спасти своих лучших друзей ПиДжея и Ардена, если мы столкнемся с Фуриями?"

Рафаэль колебался, прежде чем заговорить. "Если ты преуспеешь, то нет причин, по которым твои друзья не будут спасены".

"Перекрестить свое сердце?" - спросил он.

Она сделала это.

"Как я и предполагала, в их состоянии виноваты Фурии. Это правда?"

"Да, мы считаем это правдой. Твоим друзьям в каком-то смысле повезло, потому что их души остались нетронутыми. Но мы не можем понять, почему, - это если они были мишенью для "Фурий". В каждом другом известном нам случае они забирали души детей. Мы не знаем ни одного такого случая, как у твоих друзей, которые остались бы живы в коматозном состоянии".

"У меня тоже есть идея на этот счет, но мне нужно знать, если "Фурии" будут побеждены, что будет с ПиДжеем и Арденом? Что будет со всеми детьми, чьи души уже находятся в ловцах душ? Они не должны были умереть. И что будет с бездомными душами?"

"Прямо сейчас "Фурии" используют силу интернета. Он дает им доступ к сердцам и домам каждого человека на планете. Это как если бы вы все оставили свои двери и окна открытыми - так что любой может войти. Правда, фурий всего три - но их сила велика. Они - мифические существа, богини, чье происхождение восходит к Зевсу. Ты ведь слышал о Зевсе?"

"Я читал, что он был богом неба и отцом Трех Граций. Смогут ли они помочь нам, если ты вернешь их обратно?"

"Зевс в этом не участвует. Как и его дочери. Мы, архангелы, не играем со временем. И мы всегда считали, что ловцы душ священны. Неприкосновенными. До этого момента".

"Отлично, значит, ты считаешь, что мои друзья стали мишенью для Фурий, но на самом деле ты не уверен. Не больше, чем я, верно?"

"Верно. Это потому, что я не могу сказать на сто процентов "да" или "нет". Если бы твои друзья играли в игры. То есть убивали в рамках игр... Тогда они бы соответствовали критериям Фурий".

"Но если бы они хотели их смерти - они бы уже были мертвы. Разве что... нет, это не имело бы смысла. Это означало бы, что они знают о тебе и твоей команде. Они никак не могли узнать. Мы держали все в секрете. Если бы они знали, то держали бы твоих друзей в живых на случай, если бы им понадобился рычаг давления".

"То есть в качестве разменной монеты?"

"Возможно, но если честно, я не знаю. Как я уже сказал, мы держали все о тебе и твоей команде в тайне. Мы, включая меня и других архангелов, готовы на все, чтобы защитить тебя".

"Фурии" на протяжении веков получали силы. Но они никогда не выбирали в качестве мишени невинных детей. Они никогда не извращали свои планы в угоду собственным целям".

"Каковы их цели?" спросил И-Зи.

"Этого мы не знаем".

E-Z сказал: "Вот почему нам нужно иметь как можно больше шансов, чтобы победить их".

"Именно, но каждый день они крадут все больше детских душ и ускоряют этот процесс".

"Ускоряют на сколько?" спросил E-Z.

"На тысячи, как мы думаем, но скоро это будут миллионы. Скоро будет слишком поздно останавливать их".

"Ладно, я понимаю, что здесь грозит, но мы всего лишь дети и не хотим идти вслепую. Мы смертны, и они тоже. Мы должны подумать, рассмотреть все варианты, прежде чем рисковать своими жизнями".

"Мы понимаем и, как я уже сказал, будем вас прикрывать".

"Теперь перейдем к моему следующему вопросу: я хочу знать, что мне делать с десятилетним Чарльзом Диккенсом?"

"Ах это", - сказал Рафаэль. "Во-первых, мы не имеем никакого отношения к его реинкарнации. У нас есть теория, помимо той, которую мы тебе рассказали, то есть что ты его вызвал. Мы задаемся вопросом, не было ли его возвращение ошибкой с их стороны. Возможно, Вселенная открылась и послала его тебе на помощь, как равновесие. В конце концов, он твой кровный родственник. И он рассказчик и мастер сюжета. Возможно, у него есть инструменты и инсайты, о которых ты еще не знаешь, чтобы помочь тебе победить Фурию".

E-Z тщательно подбирал слова. "Но он еще ребенок. Он еще не написал ни одной вещи. Он будет отвлекать внимание, он из другого времени и может поставить нас и нашу миссию под угрозу".

"Это зависит от обстоятельств", - сказал Рафаэль. "Он может быть секретным оружием. Он здесь, для тебя. Если ты поверишь в него. Что он рожден, чтобы стать писателем. Тогда в десять лет он уже будет обладать всеми необходимыми навыками. Используй его в своих интересах, если решишь это сделать".

И-Зи сжал кулаки. "Ты хочешь сказать, что мы должны использовать моего кузена в качестве приманки?"

Рафаэль рассмеялся и затрепетал, создавая ненужный ветерок.

"Тебе бы помогло, если бы ты перестал так сильно трепыхаться", - сказала Розали. "Я обложилась свитерами, но все равно не могу согреться здесь. Кстати, я бы хотела отправиться домой прямо сейчас. И-Зи и остальные согласились, так что я сделала свое дело. А теперь пока прощайте. Отпустите меня домой".

БИНГО.

Розали исчезла и приземлилась обратно в свою комнату. Она мысленно пообщалась с Лией, сообщив ей, что вернулась невредимой и теперь собирается вздремнуть.

И-Зи подумал о другом неоспоримом требовании.

"Я хочу, чтобы Хадз и Рейки были со мной, в нашей команде".

Рафаэль улыбнулся. "Хадз и Рейки связаны с Эриэлем нашим лидером Михаилом".

"Тогда позволь мне поговорить с ним. Эти двое помогли нам. Они приходят, когда я зову. Если мы собираемся сражаться с древним злом, нам нужно, чтобы эти двое были на нашей стороне и помогали нам".

"Майкл не может говорить с тобой. Однако я изложу твою просьбу. Если он сочтет нужным, то сообщит мне, а я, в свою очередь, сообщу тебе. Есть что-нибудь еще?"

"Да. Мне нужно знать, как избавиться от Фурий. Мы должны их убить? Отправить их обратно туда, откуда они пришли? Что именно ты просишь нас сделать с этими богинями?"

"Свяжи их, удержи - а остальное мы сделаем сами. Если твой план сработает, то мы сможем взять под контроль Ловцов душ. Мы вернем все на свои места".

"А как же те, кто умер преждевременно?"

"Все будут уравнены... как только враги будут нейтрализованы".

"Прежде чем ты отправишь меня обратно, - сказал E-Z, - мне нужно кое-что, хоть какая-то страховка, что ты не перейдешь нам дорогу снова. Дать нам Хадз и Рейки должно было стать такой страховкой, но раз ты не можешь дать мне этого, значит, мне нужно что-то другое. Что-то, что я могу отнести остальным и сказать: вот доказательство того, что они не откажутся от нас, как это было в прошлом".

"Например?"

"Твои очки должны подойти", - сказал он.

Рафаэль опустилась на колени, ее крылья перестали хлопать и отпрянули. "Не это, что угодно, только не это", - зарыдала она. "Без очков я не помогу ни тебе, ни кому бы то ни было".

"Архангелы держали Розали здесь против ее воли. Использовали ее, чтобы добраться до меня. Вы передумали выполнять данные обещания, отменили мои испытания..."

Она коснулась оправы своих очков, затем сняла их. В ее руках очки превратились в змею, красную змею, которая заползла на руку И-Зи и поползла по ней вверх, вверх, вверх.

"Что за!" воскликнул E-Z, когда змея продолжила свой путь по его шее. Через край подбородка. Она скользнула по его плотно сомкнутым губам. Вверх и через нос. Затем она сложилась пополам и обмотала конец вокруг каждого уха. Затем вернулось в свое первоначальное состояние, пульсируя очками.

"Мои очки теперь твои, что бы ты ни делал - не позволяй Фуриям забрать их у тебя. Если это случится, то мы все будем уничтожены".

"Подожди!" - сказал голос со стены. "А что, если ты потерпишь неудачу? В конце концов, вы всего лишь дети".

"Я не могу обещать успех - но мы отдадим этому все, что у нас есть. Но было бы неплохо знать, что, если нам понадобится твоя помощь, ты используешь свои силы, чтобы помочь нам".

"Договорились", - буркнул голос.

E-Z снова сидел в своем инвалидном кресле в своей комнате, на его лице пульсировали красные очки.

"Ты должен прекратить это делать", - сказал дядя Сэм, который застилал постель племянника. "Пока я не забыл, мы с Сэмом сегодня навестили ПиДжея и Ардена, когда проходили обследование в больнице. Мы столкнулись с отцом ПиДжея; он рассказал нам последние новости. Сейчас они живут в одной больничной палате, но состояние ни того, ни другого не изменилось".

"Спасибо, я собирался им позвонить. Ладно, все в сборе".

ГЛАВА 29
ЧТО ДАЛЬШЕ?

"Т ебе нужно, чтобы я остался?" Сэм сделал паузу. "Потому что моя жена ждет, когда я сделаю ей массаж ног. Ребенок должен родиться со дня на день, так что заставлять ее ждать - не вариант".

"Хм, иди и позаботься о ней", - сказал И-Зи. "Я посвящу тебя в детали позже".

Лия обняла Сэма.

"Спасибо", - сказал Сэм, закрывая за собой дверь.

Раздался звонок во входную дверь.

"Я нашел!" воскликнул Сэм, подбегая к входной двери.

"У него много дел", - сказал E-Z.

"Будет легче, когда появится ребенок", - сказала Лиа.

"Будет больше хаоса", - сказал Альфред. "Но давай не будем сейчас об этом беспокоиться".

"Итак, какие последние новости?" спросила Лия.

"Начни с положительных, если они есть. Я очень надеюсь, что они есть", - сказал Альфред.

"Хорошая новость в том, что у меня есть идея. Печальная новость заключается в том, что я понятия не имею, сработает ли она против наших врагов. Они известны как Фурии. Кто-нибудь из вас слышал о них? Я знал это название из мифологии, и они фигурируют в некоторых играх".

Лия покачала головой: "Нет".

Альфред сказал: "Я слышал о них, но это было очень давно. Кажется, мы читали о них в старшей школе, в те времена. Я точно помню, что они были злыми - может, их было трое? И разве они не богини? У меня в голове всплывает образ Медузы. Они были родственниками?"

"Они хуже. Намного хуже, потому что их трое", - сказал E-Z. "Когда меня вырвало, ну, это было сразу после второй встречи с ними. Первая встреча произошла во время путешествия с Хадзом и Рейки. То, что они называли небольшой разведкой. И не волнуйся, мы были замаскированы, но я узнал много нового. Они устроили штаб-квартиру в Долине Смерти.

"Как мы и предполагали, они нацелились на детей. В игровом мире. Лия, ты спрашивала, какова их цель... Она заключается в том, чтобы вытолкнуть детей за грань. Детей нашего возраста и даже младше.

"Как только они получают их, они крадут их души. И помещают их в Ловцы душ, предназначенные для других людей. Так что, когда они умирают, их душам некуда деться".

"Это так зло!" сказала Лия.

"И когда настоящие владельцы Ловцов душ умирают, что происходит с их душами? Я имею в виду, если их душам некуда идти - нет дома, нет рая - что тогда с ними происходит?" спросил Альфред.

"В том-то и дело. У них нет места вечного упокоения - поэтому, когда они умирают, они просто парят вокруг. Во всяком случае, такова сжатая версия. А нам нужно остановить "Фурий", и нужно остановить их как можно скорее".

"Как они забирают души детей? Я не понимаю", - спросила Лия.

"Я тоже", - ответил Альфред. "Дети, особенно те, кто играет в игры, очень хорошо разбираются в компьютерах. Как они подвергают себя опасности? Как "Фурии" получают доступ к ним в их собственных домах, прямо под носом у родителей?" Он задумался на мгновение: "Они ответственны за то, что ПиДжей и Арден находятся в коме?".

"Ладно, сначала вопрос Лии. Фурии наказывают тех, кто остался безнаказанным, - таково было их предназначение исторически. Их главным оружием всегда было раскаяние. Они заставляют людей чувствовать себя виноватыми. Чтобы они сожалели о том, что поступили неправильно. И когда им это удается, они берут ситуацию под контроль. Они сводят их с ума, заставляют разрушать себя.

"Я рассказывал тебе о парнишке, который пришел ко мне домой и пытался застрелить меня? Он сказал, что кто-то в игре сказал ему, что они убьют его семью, если он не убьет меня. Они подговорили его пойти за мной из-за действий, которые он совершал в игре. Мне потребовалась подсказка Эриель, чтобы уловить эту связь. Тогда это показалось странным, но я не сразу это понял.

"Вот как они это делают. Ребенок играет в игру, и чтобы продвинуться в ней, он должен кого-то убить, или даже совершить массовое убийство, или, ну, ты понял идею. В реальном мире такие вещи являются грехами и противоречат закону, в игре же они являются частью игрового процесса. В большинстве игр это единственная цель".

"Погоди-ка", - сказал Альфред. "Ты хочешь сказать, что они наказывают детей в игре так же, как если бы они совершили убийство в реальной жизни?"

"Именно так", - сказал E-Z. "Именно это они и делают. Как они используют игровую индустрию, чтобы оправдать - нет, я не думаю, что это правильное слово. Я имею в виду, чтобы оправдать их действия, когда они забирают души детей".

Лия сомкнула руки и сжала их в кулаки. Затем она использовала их, чтобы закрыть уши, словно не хотела больше ничего слышать. "Ты абсолютно прав, E-Z. У нас нет выбора - мы просто обязаны положить конец этим ведьмам. И чем скорее, тем лучше".

"Я знаю, - сказал E-Z, - но это будет нелегко. Это богини, также известные как Дочери Тьмы и Эринии. Их цель номер один - наказывать нечестивцев, а в рамках игры - все нечестивцы. Это единственный способ продвинуться в игре".

"Ты сказал, что у тебя есть план, в чем он заключается?" спросил Альфред.

"Сначала отвечу на твой вопрос о ПиДжее и Ардене. Моя интуиция подсказывает, что ответ положительный. Но я спросил Рафаэль, может ли она подтвердить это. Она сказала, что не может на сто процентов утверждать то или иное. Поскольку Фурии никогда - насколько им известно - не уходили от кражи души. Не говоря уже о двух душах.

"О, еще одна вещь, которую я должна тебе сказать: в Долине Смерти тысячи ловцов душ. Может быть, даже больше тысяч, и их количество растет с каждым днем. Они находятся так далеко, как только может видеть глаз". Он остановился, словно его сердце было в горле, и смахнул слезу.

"Было трудно быть свидетелем этого. То, что они делают, настолько преднамеренно, обдуманно. Но чего я не могу понять, так это того, что им это выгодно. Ведь Хадз и Рейки были правы, когда взяли меня туда, чтобы я увидел это. Если бы они сказали мне об этом, не показав... это бы не так сильно меня задело. О, и Рафаэль говорит, что они ежедневно увеличивают потребление. Так что у нас не так много времени, чтобы сидеть и думать. Нам нужен план, и мы должны действовать".

"Они смертны?" спросил Альфред.

"Да, мы на уровне", - ответил E-Z. "Итак, план, который я придумал, заключается в том, чтобы создать собственную игру. Дядя Сэм мог бы помочь. Когда я буду играть, чтобы похвастаться убийствами, тогда "Фурии" придут за мной. Когда они это сделают, мы заманим их в ловушку и убьем в игре.

"Я подумал, что в игре их сила может уменьшиться. Но потом мне пришло в голову - а что, если и мои тоже".

"Мы бы не узнали, пока не стало бы слишком поздно", - сказал Альфред.

"Верно. Чем больше я об этом думал, тем менее эффективной казалась эта идея. Не говоря уже о том, что если у них действительно есть ПиДжей и Арден, застрявшие в лимбе, пока их не контролируют... Ну, они могли бы забрать их души. И мы бы их потеряли".

"Ты хочешь сказать, что это может быть ловушкой?" спросила Лия.

"Именно."

"Ты дал нам много поводов для размышлений", - сказал Альфред. "Думаю, нам стоит поспать, все обдумать и давай завтра снова поговорим об этом".

"Я не уверена, что смогу уснуть, - сказала Лия, - но я согласна, давай сделаем перерыв. Мне нужно время, чтобы подумать о том, в какую опасность мы себя ввергнем. Мы должны быть уверены, что прикроем друг друга".

"Конечно", - сказал Е-Z. "А я тем временем посмотрю, смогу ли я придумать план Б".

Лия вышла из комнаты и закрыла за собой дверь.

"Интересно, кто был у входной двери?" спросил И-Зи.

"Мы можем спросить Сэма утром, он, наверное, все еще занят уходом за ногами своей жены".

Они рассмеялись. "Звучит как план", - сказал Е-Z. " Спокойной ночи, Альфред".

"Спокойной ночи, Е-Z".

ГЛАВА 30

ОООО, ДЕТКА-ДЕТКА

"**Р**ебенок рождается!" крикнул Сэм несколько часов спустя.

Спускаясь в холл, он держал руку Саманты в одной руке. Через плечо у него была перекинута сумка для ночевки. Он схватил ключи от машины.

"Ты не поведешь машину, милый", - сказала Саманта, положив ключи обратно на стойку.

И-Зи вышел в коридор. "Хочешь, чтобы мы поехали с тобой?"

"Я в порядке", - сказала Саманта. "Лия еще крепко спит".

"Я разбужу ее, и мы встретимся с тобой в больнице, хорошо?"

Лия оглянулась через плечо: "Я уже вызвала такси. Он не за рулем".

Сэм улыбнулся: "Она - босс".

"Скоро увидимся", - сказал И-Зи. "Кстати, кто это был у двери вчера вечером?"

"Это была Розали. Она была измотана, поэтому мы поместили ее в гостевую комнату".

"Хорошо, спасибо", - сказал E-Z.

Когда он катился по коридору к комнате Лии, гадая, что там делает Розали, он постучал в дверь.

"Это я, Лия", - сказал он. "Твоя мама и дядя Сэм едут в больницу. Ребенок скоро родится!"

Сначала раздался грохот, а потом Лия открыла дверь. Лампа на ее ночном столике стояла на полу рядом с кроватью. "Я буду готова через секунду", - сказала она. Она закрыла дверь.

Он двинулся к гостевой комнате. Он заглянул туда, и Сэм оказался прав: Розали крепко спала. Он вернулся в свою комнату, оделся и постарался не разбудить Альфреда. Лебедям не разрешалось находиться в больнице, поэтому разбудить его было бы подло - он бы почувствовал себя брошенным. Он написал записку, в которой сообщал, что Розали спит в гостевой комнате и чтобы он присмотрел за ней, пока они не вернутся. Скажи ей, чтобы она чувствовала себя как дома, - написал он. Записку он оставил так, чтобы Альфред не пропустил ее, когда проснется.

И-Зи закрыл за собой дверь и запер ее, затем они с Лией сели в ожидающее их такси и поехали в больницу.

Они следовали указателям и вскоре нашли детское отделение. Сэм был там, вышагивая взад-вперед, как это делают будущие отцы по телевизору.

"Как ты держишься?" спросил E-Z.

"Как моя мама?" спросила Лия.

"Спасибо вам обоим за то, что пришли", - сказал Сэм. Его рука дрожала, когда он пытался выпить воды из бутылки. "У Саманты все очень-очень хорошо. Я имею в виду, что она уже проходила через это с тобой, Лия, так что она знает, чего ожидать, а я... Ну, я не знаю, смогу ли я справиться с этим. Курс, который мы прошли, чтобы помочь нам подготовиться к сегодняшнему дню, был хорош - но реальность совсем другая. Я ненавижу больницы".

"Все ненавидят больницы", - сказал E-Z. "Но когда они входят в эти распашные двери. И говорят, что ты нужен... Тогда ты должен взять себя в руки, пойти туда и помочь своей жене. Помни, что вы - одна команда, вы вместе. Ты сможешь это сделать!" Он похлопал дядю по спине.

"Я знаю".

Лия положила голову на плечо Сэма. "У тебя все получится".

Пришла медсестра. "Ты нужен своей жене. Это ненадолго. Я отведу тебя на процедуру, а потом ты сможешь побыть с женой, когда мы ее спустим".

Сэм кивнул и ушел.

Последний взгляд на его лицо напомнил E-Z человека, стоящего перед расстрельной командой.

"С ним все будет в порядке", - сказала Лия, похлопав И-Зи по руке.

Спустя несколько часов Сэм вернулся к ним с широкой ухмылкой на лице. "У меня есть еще одна дочь, - сказал он, - и сын!"

"Два ребенка?" в унисон сказали Лия и E-Z.

"Да, двое. На сканировании мы увидели только одного".

"А как моя мама?"

"Она великолепна! Потрясающе!"

"А мы можем ее увидеть? И малышей?"

"Дай им несколько минут, чтобы подготовить вещи. Потом ты сможешь познакомиться со своими братом и сестрой Лией, а И-Зи - с кузенами".

"Уже знаешь, как ты их назовешь?" спросил E-Z.

"Да, но мы расскажем тебе вместе".

"Справедливо", - сказал E-Z.

"Два малыша, да еще в таком доме - со всеми остальными", - сказала Лиа.

"Я думала о том же самом. У нас и так полный дом... но мы справимся. Мы всегда справляемся".

Они сидели вместе и ждали.

ЭПИЛОГ

Прошло несколько недель, и наступило 17 января. Рождество пришло и ушло со всей обычной помпой и пышностью, так же как и наступление нового года. E-Z стал на год старше, ему исполнилось шестнадцать, и вся банда собралась в его комнате. Чарльз Диккенс присоединился к ним через Facetime.

Внизу, в коридоре, суетились близнецы - Джек и Джилл. Сэм и Саманта все еще привыкали к распорядку дня новоприбывших. Никто в доме не высыпался, пока не открыл свои рождественские подарки. E-Z, Лия и даже Альфред получили наушники с блокировкой звука.

И-Зи размышлял о том, как еще можно победить Фурий. Кроме его идеи преследовать их в игре. Других вариантов было немного.

Пока остальные спали, он успел несколько раз пообщаться с Чарльзом в сети. Чарльз считал, что победить их в их же игре было бы "совершенно круто". '

E-Z был немного обеспокоен тем, каким еще фразам обучают Чарльза эти детективы. Вместе они решили посвятить группу в свои рассуждения о том, как продвигать идею с игрой.

"Это просто", - сказал Чарльз Диккенс. "Мы с E-Z на днях поговорили по телефону и придумали, что может сработать. Если у них есть какие-то сведения о The Three - я имею в виду, что ты весь в интернете, - они будут знать о тебе. Но они не будут знать обо мне.

"Не то чтобы они меня боялись. Хотя Эдвард Булвер-Литтон однажды написал: "Перо могущественнее меча". В данном случае, надеюсь, это будет правдой.

"Итак, я тренировался со своими друзьями-детекторами. Мы решили, что лучшая игра, в которую можно их затащить, - это уже существующая игра. И нам кажется, что мы знаем идеальную игру.

"Она называется The PK Crew. Рейтинг игры - 13+ или 12+ в некоторых местах, и она бесплатная. Мотив игры - убить всех, включая твою семью и друзей. За каждое убийство ты получаешь вознаграждение, но когда ты убиваешь близких тебе людей, то получаешь даже больше очков. Больше наличных денег. Даже дурную славу в рамках игры. Твоя фотография на телевизионном канале PK TV. На первой странице газеты The Peachy Keen Times. Действие игры происходит в вымышленном городке под названием Пичи Кин. Это идеальная ловушка - и эту игру мы запустим сами. Я буду играть двенадцатилетним подростком, они зайдут в игру, а вы, ребята, уже будете там".

"Это будет достаточно безопасно, - сказал E-Z, - ведь ты уже мертв - я имею в виду в прошлой жизни, - так что они не смогут тебя убить".

Раздался стук в дверь: "Открыто", - сказал E-Z.

Лия вскочила и обняла Розали. "Рада видеть, что ты проснулась", - сказала она, прижимаясь к толстому свитеру подруги.

Розали стала важной частью их команды. Однако ей разрешили остаться с ними еще только на один день. После этого она должна была вернуться в дом.

Пробираясь через комнату, чтобы сесть, она погладила лебедя Альфреда по голове. Они все быстро подружились, так как она приехала раньше малышей.

"Мне нужно кое-что вам рассказать. Во-первых, спасибо, что оказали мне такой радушный прием. Было чудесно увидеть тебя, и спасибо, что позволила мне почувствовать себя частью твоей команды".

"А-а-а", - сказала Лия.

"Что я должна рассказать, так это то, что я писала в книге о других детях с особыми способностями, как у тебя. Она лежит в ящике моего ночного столика. В следующий раз, когда ты придешь в гости, я отдам ее тебе, и ты сможешь пойти и позвать остальных, чтобы они помогли тебе победить Фурий".

"Нам понадобится вся помощь, которую мы сможем получить", - сказала Лия.

"Рафаэль и Эриель думают, что могут помочь тебе, поэтому они и хотели, чтобы я рассказал им подробности. Именно поэтому я все записала - чтобы не забыть ничего важного".

"Так вот почему Рафаэль и Эриель затащили тебя в белую комнату?" поинтересовался E-Z.

"И да, и нет. То есть да. Они знают о других детях. Но нет, они не стали прямо просить меня передать информацию о них. Я знаю, что эти дети важны для тебя, и без них ты не сможешь победить The Furies".

"Что ты знаешь о "Фуриях"?" спросил Альфред.

Розали вздрогнула и скрестила руки. "Я знаю о них несколько вещей. Например, что это три страшные сестры, которые вернулись на землю, чтобы не делать ничего хорошего".

И-Зи сказал: "Ты не шутишь. Я воочию видел, какой ущерб они уже успели нанести. Мы работаем над планом. Но скажи нам, где эти другие дети? Как ты думаешь, они помогут нам? Это если мы сможем придумать способ доставить их сюда".

"Они хорошие дети, но тебе придется спросить разрешения у них и их родителей. Один из них находится на другом конце света в Австралии, другой - в Японии, а третий - в США, в Фениксе, штат Аризона. Возможно, есть и другие, но эти трое - единственные, с кем я пока общалась", - говорит Розали.

"С другой стороны, привлечение новых ребят все усложнит", - сказал E-Z. "Кроме того, если мы провалимся, то некому будет нас подменить. Возможно, для нас будет лучше справиться с этим самим, с наименьшим количеством возможного воздействия. Если мы можем это сделать, то есть убрать "Фурий", зачем привлекать других? Незнакомцев? Зачем рисковать жизнями других детей?"

"Не так давно мы все были незнакомцами", - сказал Альфред.

"Я все еще чужак - хоть мы и родственники", - взвесил Чарльз Диккенс. "Но я не один из "Тройки". И-Зи - главный, и я рад делать все, что он считает нужным. Детекторы говорят, что я новичок. И это правда".

Розали посмотрела на мальчика в "Экране". "Нас не представили должным образом", - сказала она. "Я Розали, и я почти уверена, что я больший новичок, чем ты".

Чарльз рассмеялся. "Я Чарльз Диккенс".

"Ты имеешь какое-то отношение к тому самому Чарльзу Диккенсу?" спросила Розали.

"Э-э, да, я он - реинкарнированный".

Розали рассмеялась. "Я думала, что уже все слышала. Что ж, я рада познакомиться с тобой, Чарльз".

Раздался громкий стук во входную дверь.

Через несколько секунд по коридору, вопреки протестам Сэма, прошествовали обутые в сапоги ноги.

"Розали", - сказал самый крупный из двух мужчин через закрытую дверь. "Пора возвращаться в дом. Тебе нужны лекарства, так что выходи, или нам придется зайти за тобой".

Розали встала: "Похоже, я рассказала тебе все, что нужно, и как нельзя вовремя". Она подошла к двери, открыла ее и вышла вместе с санитарами.

На заднем сиденье машины скорой помощи - минута, потом в белой комнате. Полки и книги были те же, а вот запах - нет. Раньше запаха не было, но теперь он был плохим. Вонючим. Мерзким. Как отбеливатель и тухлые яйца.

Через стену вошли три женщины, одетые с головы до ног в черное. Вместо волос у них были змеи. И еще больше змей ползало по их рукам. Они полетели на нее. Их крылья, похожие на крылья летучей мыши, контрастировали с чистотой и белизной комнаты. Кровь пенилась из их глаз, когда они взмахивали своими кнутами в ее сторону.

А их зловоние было невыносимым.

"Скажи нам то, что мы хотим знать", - в унисон закричали фурии.

"Я не знаю, о чем вы меня спрашиваете", - ответила Розали, зажав нос.

ХЛЫСТ.

Треск хлыста царапнул кожу на щеке старухи. Когда она дотронулась до лица и посмотрела на свою руку, та была вся в крови.

"Знаешь", - сказала Алли, в то время как она и ее сестры в очередной раз щелкнули своими хлыстами в непосредственной близости от пожилой женщины.

"Я не понимаю, о чем ты".

Книжная полка опрокинулась. Если бы не быстро движущаяся лестница, Розали была бы раздавлена под ней.

ЧИП.

Я сплю, подумала Розали. Мне нужно проснуться. Мне нужно проснуться СЕЙЧАС и убраться подальше от этих ужасно вонючих существ.

Упала еще одна книжная полка.

Потом еще одна. И еще одна.

Вскоре лестница тоже ударилась об пол и отскочила. Раз, два, три раза. Затем разлетелась на кусочки.

"О нет!" воскликнула Розали.

"Ты расскажешь нам о любви", - потребовала Тизи, поднимая старшую женщину с земли, когда ее змеиные руки обвились вокруг нее.

Ноги Розали неуверенно болтались. В то время как змеи крепче обхватили верхнюю часть ее тела.

"Осторожнее, сестра, ты доведешь ее до сердечного приступа", - прокричала Мэг, придвигаясь ближе к Розали. "Дай нам то, что мы хотим, любовь".

"Я не скажу тебе, ничего. Неважно, что ты со мной сделаешь", - заявила Розали.

Она вела себя так храбро. Ведь она знала, что не одна. Лия была рядом и слушала.

"Это пустая трата времени", - сказала Алли, посылая в воздух хлыст и обрушивая целую стену книжных полок. Несколько крылатых книг изо всех сил пытались выбраться из-под полок. Одна из них пыталась взлететь с помощью своего единственного оставшегося крыла.

Тиси повернулась к дальней стене и подожгла книги. Они падали, как домино, на бедную Розали, которая была погребена под горящими книгами.

Фурии громко и гордо смеялись.

Розали мысленно позвала имя Лии. Где ты, Лия? спросила она. Где ты, малышка?

Вернувшись в дом, И-Зи открыл свой ноутбук. "Так, у нас была возможность поспать над этим.

Мы все согласны с тем, что у нас нет другого выбора, кроме как сразиться с Фуриями?"

Лия и Альфред кивнули.

"И нам нужно забрать остальных детей и привести их сюда. Нас трое и их трое. Лия, ты отправляешься в Феникс - Литтл Доррит может отвезти тебя или ты можешь полететь на самолете".

"Я предпочитаю Литтл Доррит".

"Так, первый ребенок отсортирован. Хотя мы не знаем ни ее имени, ни того, где именно она находится в Фениксе, штат Аризона. И тебе нужно будет прояснить этот вопрос с ее родителями. Это будет нелегко, так как тебе придется сообщить им, в какую опасность попадет их ребенок".

"Да, мне придется узнать больше подробностей у Розали".

"Альфред, ты можешь отправиться в Японию. Я предлагаю тебе полететь - нам нужно будет проработать логистику. Обратно тебе нужно будет лететь с ребенком - при условии, что его родители дадут тебе добро. Опять же, нам нужна конкретика от Розали, где находится ребенок. И будет языковой барьер, если только ты не знаешь японский?"

Альфред покачал головой.

"Я найду переводчика".

"Мы дадим тебе телефон, и ты сможешь установить на него приложение, которое будет делать перевод за тебя. Придется попотеть, чтобы научиться", - сказал E-Z. "Тем более что у тебя нет пальцев".

"По-моему, звучит неплохо", - сказал Альфред. "Мне нужно будет срочно начать работать с телефоном. Это не должно занять много времени, чтобы разобраться. А пока Розали может сказать ребенку, что я лебедь - так они не упадут и не потеряют сознание, когда впервые увидят меня".

"Это хорошая идея", - сказала Лия. "Но как ты собираешься печатать?"

"Я могу использовать свой клюв".

"Или программу, активируемую голосом", - сказал E-Z.

"Круто", - в унисон сказали Лия и Альфред.

"А я полечу в Австралию. Обратно я доберусь на самолете вместе с ребенком, но будет быстрее, если я отправлюсь туда напрямую. Да, и еще одно: нам нужно придумать для себя люк. Как-то мы сможем выбраться - на случай, если одного или нескольких из нас поймают, убьют или покалечат. Мы должны быть готовы ко всему. Если мы умрем до того, как закончим это дело, не останется никого, кто мог бы подхватить осколки".

"Архангелы", - заикнулась Лия, а потом остановилась. Она задрожала, а потом не смогла перевести дыхание. Она обхватила себя руками.

"Ты в порядке?" спросил E-Z.

"Ш-ш-ш", - ответила она. Ни в комнате, ни в ее сознании не было никаких звуков, стояла абсолютная и полная тишина. Ее сердечный ритм вернулся к норме, как и дыхание.

"Ложная тревога", - сказала она. "Я подумала, что что-то не так, как будто я получила SOS, но сейчас, кажется, все в порядке".

"И часто такое случается?" поинтересовался Альфред.

"Нет", - ответила Лия.

"Ладно, давай начнем мозговой штурм", - сказал И-Зи. И они провели остаток дня, составляя список, прикидывая, что может пойти не так и что может пойти правильно.

Они разошлись по своим комнатам и уснули.

Это была спокойная ночь для всех, кроме Розали.

Розали, чей голос не был услышан.

Чей голос не был услышан.

Помощь не пришла.

Белая комната была разрушена.

Никто не пришел, чтобы спасти Розали.

От злобных фурий.

Благодарности

Спасибо, что прочитал третью книгу из серии "И-3 Диккенс"... Прости за грустный конец, но иногда такие вещи случаются.

Заключительная книга скоро появится в продаже!

Еще раз спасибо всем тем, кто помогал мне сделать эту серию такой, какой она могла бы быть, - моим бета-ридерам, корректорам и редакторам. Кудос!

Моим друзьям и семье - спасибо за ободрение и поддержку.

И, как всегда, счастливого чтения!

Кэти

Об авторе

Cathy McGough живет и пишет в
Онтарио, Канада, вместе с мужем, сыном, двумя
кошками и одной собакой.
Если ты хочешь написать Cathy по электронной
почте, ее адрес
cathy@cathymcgough.com.
Cathy любит получать от
своих читателей.

ТАКЖЕ

МОЛОДОЙ ВЗРОСЛЫЙ

СУПЕРГЕРОЙ E-Z ДИККЕНСВ КНИГА ЧЕТВЕРТАЯ: ON
ICE (НА ЛЬДУ)